JN279865

# イアンフとよばれた戦場の少女

川田文子［著］
Kawata Fumiko

高文研

もくじ

装丁＝商業デザインセンター・松田礼一
写真と写真構成＝川田文子

## ◎慰安所マップ

「つくる会」歴史教科書には「慰安婦」の記述がありません。しかし日中戦争からアジア・太平洋戦争時、日本軍が占領・統治したアジア全域にわたって様々な形態の慰安所が設置・運営され、おびただしい数の女性たちが被害を受けました。

この地図は２０００年１２月の時点で、慰安所が確認された場所を示しています。出典は公文書、戦記・部隊誌、元「慰安婦」の証言、元兵士の証言、現地調査報告書などです。被害調査と資料発掘が進む中、確認地点は今も増え続けています。

（地図作成　池田恵理子・松本真紀子）

『ここまでひどい！「つくる会」歴史・公民教科書』（ＶＡＷＷ－ＮＥＴジャパン編／明石書店）所収。

● 慰安所が公文書などで確認された地域
▲ 元「慰安婦」の証言で明らかにされた地域
▣ 部隊誌・元兵士などの証言で明らかにされた地域

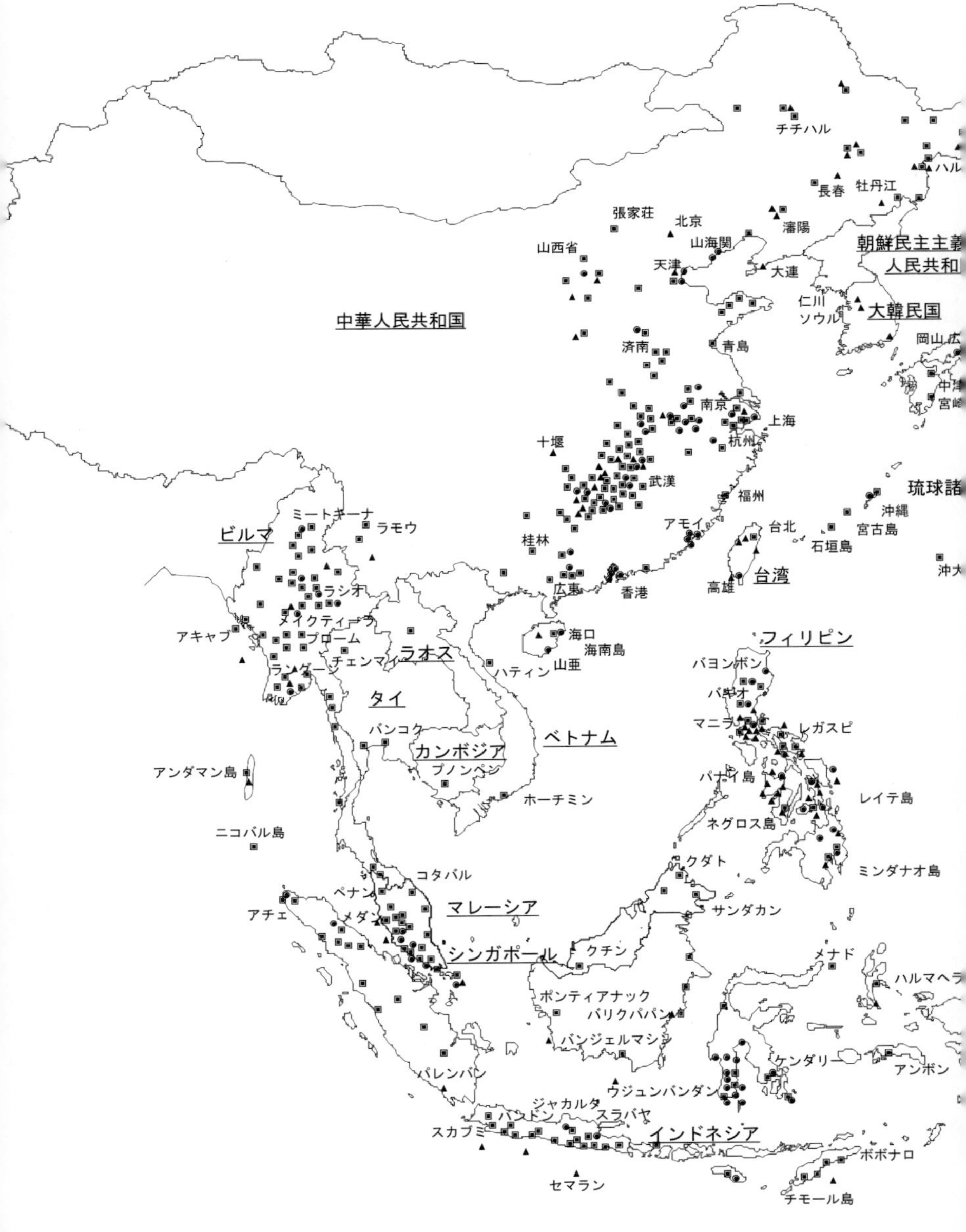

チチハル
ハル
長春
牡丹江
張家荘
北京
瀋陽
山西省
山海関
朝鮮民主主義
人民共和
天津
大連
仁川
ソウル
大韓民国
中華人民共和国
岡山
広
済南
青島
中津
宮崎
南京
上海
十堰
杭州
武漢
琉球諸
福州
沖縄
ミートキーナ
ラモウ
ビルマ
アモイ
台北
宮古島
石垣島
桂林
沖大
ラシオ
広東
香港
高雄
台湾
メイクティーラ
アキャブ
プローム
海口
海南島
フィリピン
チェンマイ
ラオス
ラングーン
ハティン
山亜
バヨンボン
バギオ
タイ
マニラ
レガスピ
バンコク
ベトナム
カンボジア
プノンペン
アンダマン島
パナイ島
ホーチミン
レイテ島
ネグロス島
ニコバル島
クダト
ミンダナオ島
コタバル
ペナン
マレーシア
サンダカン
アチェ
メダン
シンガポール
クチン
メナド
ハルマヘラ
ポンティアナック
バリクパパン
バンジェルマシン
ケンダリー
アンボン
パレンバン
ウジュンパンダン
ジャカルタ
バンドン
スラバヤ
スカブミ
インドネシア
ボボナロ
セマラン
チモール島

# I　ペ・ポンギさんとの出会い

## ✻沖縄に残された「慰安婦」被害者

沖縄に残された「慰安婦」被害者ペ・ポンギさんにはじめて会ったのは、一九七七年一二月五日でした。その数日前、ポンギさんが特別在留許可を申請する際、身元引受人になった新城久一さんの家を訪ねました。ポンギさんが経験したことがらを記録に残したいと新城さんに伝えると、毎月五日に役場で生活保護費を受け取った後、必ず新城さんの家に寄るので、その日ならば会えるだろうと教えられ、訪ねたのです。

応接用の椅子に、新城さんと並んで座ったポンギさんは、少しかしこまっていました。が、新城さんが私を「この方はあなたのためになる方だから」と紹介してくれたので、気を許したのでしょう。私の申入れを聞き入れてくれました。そして、自分の住まいに案内してくれたのです。その道すがら、私は、二、三枚重ねてソックスをはいて軽い足取りのポンギさんのあとについてゆきながら、朝鮮から沖縄まで歩んだであろう長い道のりに思いを馳せました。

ポンギさんは、佐敷村《さしきそん》（現在は佐敷町）の馬天港《ばてんこう》に近いサトウキビ畑の中にポツンと一軒だけ建っていた母屋に、おそらく物置として付け足されたであろう窓のない、二坪あまりの小屋に住んでいました。母屋から引いた電気だけはあるものの、ガスも水道もありません。煮炊きは電気コンロひとつ、飲料水は、母屋の夫婦が仕事に出る前に汲ませてもらって運び、大きなポリバケツに入れて使っていました。やかんやしょうゆさしの注ぎ口にはセロファンの小さな袋がかぶせてありました。蝿がとまったり、ほこりが入らないようにするための工夫でした。畳はなく、ビニール筵を敷いた部屋の中は整然と片付けられ、食器や小さな鍋などを入れてある大きなポリバケツなども汚れひとつついていません。たいへんなきれい好きなのです。ケースワーカーが様子を見に来るたび、「ここは人間の住む家ではない」と引越しを勧めたそうですが、ポンギさんがなかなかこの小屋から離れようとしなかったのは、周囲をサトウキビ畑に囲まれ、静かで人を避けて暮らすことができたからです。

私は、この小屋と、後に引っ越した那覇市内の古い借家に五年間通い、ポンギさんの話を聞き続けました。その作業が長期間に及んだのは、何度聞いてもポンギさんが辿った過酷な人生を受け止め切れなかったからです。

私をポンギさんに引き合わせてくれたのは、友人が見せてくれた一枚の新聞の切り抜きです。

《戦時中、沖縄に連行の韓国女性　30年ぶり『自由』を手に　不幸な過去を考慮　法務省特別在留を許可

【那覇】太平洋戦争末期に、沖縄へ『慰安婦』として連行され、終戦後は不法在留者の形でヒッソリと身を潜めるように暮らしてきた朝鮮出身の年老いた女性が、このほど那覇入国管理事務所

の特別な配慮で三十年ぶりに『自由』を手にした。当時は『日本人』でも、いまは外国人。旅券もビザもないため、強制送還の対象となるところだったが『不幸な過去』が考慮され、韓国政府の了解を得たうえ、法務省はこのほど特別在留許可を与えた。…略…沖縄戦へ強制連行された朝鮮人の証言が、直接得られたのは初めてだ。この女性は韓国清忠《ママ》南道礼山郡出身の裵奉奇《ペポンギ》さん(六一)。戦地では『アキコ』と呼ばれ、戦後は別の日本名を名乗って沖縄の料亭やバーを転々、今は宜野湾市内の飲食店で働いている。…以下略…》(高知新聞/一九七五年一〇月二二日付)

「清忠南道」は正しくは忠清南道《チュンチョンナムド》です。いま、この記事を読み返すと、ポンギさんの特別在留許可は「特別な配慮」で与えられたという点が気になります。「特別な配慮」は、この記事を書いた記者の表現であると同時に、法務省及び那覇入国管理事務所の姿勢を表しているのでしょう。朝鮮民族であるポンギさんは、かつて日本の植民地支配によって「日本人」であることを強要されました。ポンギさんを「日本人」にしたのも、「強制送還の対象」にしたのも、日本という国の都合です。そして、「慰安婦」として沖縄に連行し、「不幸な過去」を強いたのは日本軍でした。人の人生をさんざんに翻弄しておいて特別在留許可をあたかも恩恵であるかのように「与え」る日本という国の姿勢が、この短い新聞記事に端的に顕れています。

ポンギさんが「特別在留」を「許可」されるまでには、たいへんな紆余曲折がありました。新聞記事に記されているように飲食店で働いていた時に、神経痛がひどくなって働けなくなったため、周囲の人が公民館の人に相談しました。住み込みで働いていたので、雇い主としても放置できなかったのでしょう。生活保護を受けようという話になって、戸籍が韓国の忠清南道にあることが確認されると、ポンギさんの法的地位が問題になりました。

一九七二年五月一五日、沖縄の施政権が日本に返還されると、四五年八月一五日までに来日した沖縄在住の韓国・朝鮮人に対して、その事実が確認されれば特別在留を許可する措置がとられました。申告期間は三年、つまり、七五年五月一四日までです。日本の敗戦前に来日していたことを証言する証人二人と身元引受人がいることが条件でした。ポンギさんは、身元引受人になってくれる人を探すのにとても苦労したようです。新城久一さんは、ポンギさんが一〇年前に働いていた料亭の雇い主の娘の夫です。ずいぶん遠い縁の人です。きっと、一〇年前に働いていた料亭を訪ねるまでに、何人もの人に断られたに違いありません。

特別在留の申請手続の過程で、出入国管理事務所の取り調べを受け、どのような経緯で沖縄に来たかが明らかにされました。ポンギさんは、南の島に行けば金が儲かるとだまされて、北朝鮮咸鏡道の興南《フンナム》という町から釜山《プサン》、下関、門司、鹿児島を経て、那覇の沖合い五五キロの渡嘉敷島《とかしき》の慰安所に連行されてきたことを調査官に明らかにしたのです。

ポンギさんは、「慰安婦」被害を公にした最初の証言者でした。けれど、自ら名乗り出たわけではなく、沖縄に住み、生活保護を受けるために過去の事実を明らかにしたのです。

この小川で「赤瓦の家」（慰安所）の女たちは洗濯をしたという。1979年

▲ポンギさんといっしょに渡嘉敷島に行った時に。ススキの背後はせせらぎがあるが、

「私は、本当に苦労したんですよ。私ぐらい苦労した人間はいないんですよ」

ポンギさんは、ひとつの話を語り終えると、しばしば、深い吐息をもらし、そうつぶやきました。本当に、渡嘉敷島の慰安所に来る以前も、沖縄に来てからもその時代の矛盾、その社会の矛盾を一身に負って生きてきたといっても決して過言ではないでしょう。

## ❇数え六歳で一家離散

ポンギさんは一九一四年生まれです。数え六歳の時、一家離散しました。数え六歳といえば一九一九年、朝鮮で三・一独立運動（注1）が展開された年です。

それ以前から家族揃って暮らしたことはありませんでした。ポンギさんには二つ違いの姉と三つ違いの弟がいました。当時の朝鮮では、子どもが生まれてからしばらくして独立した家庭を営むことは珍しいことではなく、ポンギさんらきょうだいは忠清南道礼山郡新禮院《イエサングンシルレウォン》の母親の実家で暮らしていたのです。

父は作男《さくおとこ》で、農家に住み込みで働いていました。祖父はすでに亡く、母も日雇いで農家に働きに行きました。報酬は、母のその日の食事と、帰りに子どもたちのための一椀の食べ物が与えられるだけです。それでも、祖母が生きていた頃は貧しいながらも穏やかに日々を過ごしていました。その祖母が亡くなり、姉は奉公に出されました。

それからしばらくして、ある日突然、母もいなくなりました。当時、新禮院では鉄道の敷設工事が行われていました。他所から来ていたその工夫と、母は出奔《しゅっぽん》してしまったのです。

一九一〇年、日本は武力を背景に強引に「韓国併合に関する条約」を取り交わし、朝鮮半島全域を支配するようになりました。朝鮮総督府がまず手がけたのが納税額を確定するための土地調査事業です。この事業は、土地の所有権を申告者だけに認めるという詐欺《さぎ》的ともいえる方法で行われました。日本語による面倒な申告手続きができなかったり、申告をしなければ所有権を失うということを知らなかった農民が少なくありませんでした。そのため、多くの農民がそれまで耕していた土地を奪われました。その土地を国策会社である東洋拓殖株式会社をはじめ、一部の朝鮮人地主や日本人地主が安値で買い占め、農民に高い小作料で耕作させました。

さらに、民族資本の台頭を抑え、日本企業に有利な会社令（注2）や日本国内や満州に米を移出するための産米増殖計画（注3）などの施策を次々に打ち出しました。朝鮮半島を兵站《へいたん》基地化することにも力を注ぎました。鉄道の敷設は中国に日本の勢力をのばすための軍需物資の輸送や経済発展には不可欠だったのです。

日本の植民地支配によって朝鮮の農村が貧窮したこうした背景のもとでポンギさんの家庭は離散しました。

母がいなくなった後、ポンギさんは数え三歳の弟と二人だけで過ごした時期があります。その間、近所の人が面倒をみてくれました。後に、親類の家に預けられましたが、長くはいられず、ミンミョヌリになりました。ミンミョヌリは、貧しい家の娘が口減らしのため他所の家に住み込んで働き、将来、その家の息子の嫁《ミョヌリ》になるという古くからあった風習でした。無報酬でしたが、貧しい家庭ではひとり分の食い扶持《ぶち》が減るだけでも親の助けになったのです。

子どもの頃から他人の家で暮らしたポンギさんの思い出は、ことごとく盗み食いのエピソードでした。法事の時に供えられた鶏《とり》の、特においしいもも肉だけを食べてしまったこと、主人の家から臨時に日本人の大きな農家に手伝いに行かされて、砂糖を盗み、ポソン（足袋）いっぱいに詰めてきたこと、高いところにしまわれていた餅を台を重ねて取ったこと……、自分の家ならつまみ食いですまされることが、他家で暮らしているポンギさんにとっては、盗み食いになってしまうのです。後ろめたい思いにとらわれながら、それを繰り返していたのは、いうまでもなく空腹だったからです。

春窮期……。前年蓄えた食料が底をつき、まだ作物の実らない端境《はざかい》期をひとびとはこう呼びました。ポンギさんが住み込んだ家はあまり裕福ではなく、春窮期には毎年、山に野草を取りに行かされました。一日中、山に這いつくばって野草を摘んでも、煮るとわずかな量で空腹は満たせませんでした。

ポンギさんは、まだ幼かったその家の息子のミョヌリにはならず、一七歳で他の家に嫁がされました。けれど、出稼ぎに行ったきり帰ってこない夫の家にいづらくて、その家を出ました。そして、再婚、再再婚をするのですが、二人目の夫も、三人目の夫もポンギさんの父親と同じような階級の男たちでした。あまりにも貧しく、家庭を築ける状態ではなかったのです。

## ❇約六〇人の女性と玄界灘を渡る

ポンギさんは二〇歳の頃から職を求めてあちこちの町を転々とするようになりました。そして、興南（注4）という町で働いていた時に日本人と朝鮮人、二人組の「女紹介人」に声をかけられたのです。「女紹介人」は、「南の島に行って働けば、金が儲かる。黙って寝ていても、バナナが口に入る」などと暖かい南の島が楽園であるかのように甘いことばで誘いました。一九四三年、もう、だいぶ寒い季節になっていました。それからしばらくして、再び「女紹介人」が来ました。ポンギさんは布団などは処分し、着替えだけを持って二人組について行くことにしました。

興南から京城（現ソウル）に行き、旧正月が終わってから釜山《プサン》の旅館に移り、コンドウという男に連れられて約六〇人の若い女性が玄界灘を渡りました。下関に着いたのは、まだ肌寒い早春でした。下関で一度、シンガポールに向かうという日本軍の船に乗りました。ところが、翌朝、下ろされて門司で半年くらい待機していました。この間に数人の女性が逃亡しました。

一九四四年一一月、五一人の女性は鹿児島に移され、日本軍の輸送船に乗せられました。船上では日本軍とともに敵襲された際の避難訓練を受けました。輸送船は那覇港に到着しましたが、その年の一〇月一〇日、空襲を受けた那覇の市街地は見渡す限り焼け野原になっていました。

コンドウは朝鮮から連れてきた五一人を慶良間《けらま》諸島に二一人、大東島に一〇人、那覇に二〇人と三組に分けました。慶良間に向かった二一人はさらに七人ずつに分けられました。こうしてポンギさんは慶良間諸島のなかの一つの島、渡嘉敷《とかしき》に着きました。興南を出てからほぼ一年が経過していました。十・十空襲後の那覇の焼け野原を目の当たりにして不安を覚えたものの、非常に厳しい戦況になっていたことは、ポンギさんらは知るよしもありませんでした。

## ❇赤瓦の家の慰安所

海上挺進《ていしん》基地第一大隊が座間味《ざまみ》島に、同第二大隊が阿嘉《あか》島と慶留間《げるま》島に、同第三大隊が渡嘉敷島に上陸したのは、その年の九月九日でした。続いて海上挺進第一戦隊～同第三戦隊も到着しました。住民は、「友軍は、こんな小さな島まで私たちを守りに来てくれた」と、大歓迎しました。

基地隊は海上挺進基地の構築と守備にあたり、戦隊が海上挺進作戦を遂行します。つまり、戦隊は通称マルレ（㋹）と呼ばれたベニヤ板製の小さな特攻艇《とっこうてい》に一二五キロの爆雷を二個搭載《とうさい》し、目標の艦船に当たって爆破しようという任務です。マルレに乗るのは、志願という名目の、実際には志願することを強要された船舶特別幹部候補生、略して〃特幹〃と呼ばれた二〇歳にも満たない若者たちです。特幹は、マルレが敵艦艇に衝突する直前に海に飛び降りる訓練を受けましたが、生還はほとんど不可能で、特攻機同様、体当たりして自爆することを前提にした作戦でした。各戦隊は一〇〇隻のマルレを携行し、一〇〇名の特幹が配属されていました。

座間味、阿嘉、渡嘉敷の三つの島に日本軍が駐屯して二か月も経たないうちに慰安所が設置され、それぞれ七人の「慰安婦」が配置されたわけです。渡嘉敷では、村の中心地からはずれた港に近い仲村渠《なかんだかり》家が慰安所にされました。仲村渠一家は、軍の要請で漁業組合の空き室に転居させられました。

仲村渠家は客間と仏間、それに裏座に二部屋、計四部屋ありました。まだ建てて日の浅かった赤瓦の家を大工出身の兵らが六部屋に仕切り、母屋の裏の農具小屋にも一部屋造り、七人の女性たちに割り振られました。

そして、七人にはそれぞれ日本名がつけられました。朝鮮の人々は、皇民化政策（注5）によって創氏改名が強いられましたが、創氏改名の日本名ではなく、姓のない名前だけの源氏名《げんじな》です。ポンギさんはアキコ、他の女性の本名は分かりませんが、キクマル、スズラン、アイコ、ミッちゃん、ハルコ、カズコ（注6）です。アイコとミッちゃんが最も若くて一五歳くらい、片言の日本語ができて容姿の美しいハルコは、故郷の実家に四歳の女の子を預けてきたと、いつも会いたがっていました。カズコは口数の少ないおとなしい性格でした。大柄で目立ったキクマルは中国の慰安所にいた経験があると、仲村渠家の長女、初子さんに話していました。スズランは愛嬌のある、かわいらしい女性でした。二九歳のポンギさんは最年長でした。

慰安所によく来たのは、下士官以上の軍人と、基地隊の兵隊たちです。休日は、日曜とは限らず、基地構築作業の都合に合わせて交代で決められました。慰安所の利用時間は、将校が夜八時以降、下士官が夕方五時から八時まで、兵隊は午前九時から午後五時までです（注7）。下士官将校は勤務が終われば、平日でも利用できたわけですが、兵隊は休日でなければ利用できません。休日には慰安所の前に切符を持った兵隊が何人も並んでいました。兵隊が部屋に入ってくると、ポンギさんらは、兵隊がはずしたゲートルをくるくると巻いておきました。兵隊が目的をはたし、部屋を出る時、すぐに巻けるようにしておき、すぐ次の兵隊に応じられるようにしたのです。

――兵隊は子どもみたい。本当、おもしろいところもあるよ。入り口にみんな並んで待ってるさ。そろそろ兵舎に帰る時間さね。もう、時間がない。こういう時は兵隊二人でジャンケンポイする。勝った人が先入って、負けた人が後になる。それで、先に入った兵隊が長く部屋にいたら、外で待ってる者が壁叩いて呼ぶよ。「早く出て来い。早く出て来い」一人が入ってハバハバ（注8）して、一人の人が出たら、次々入るんだからね。兵隊遊ばすのは苦しい時もあるさね。腰も痛いさ。オメンコも痛いよ。兵隊はサックはめてやるでしょ。サックは硬いから痛いさね。一番辛いのが生理がある時。しょっちゅう洗ってするのよ。休みの日だけ兵隊が来るんだから、生理があっても休むことはできないし。たびたび洗ったら、縮まって、もう、やりにくいさね。

一九四五年の二月中旬になると、慰安所に来る将兵が激減しました。基地隊の約八〇〇名が沖縄本島に移動したのです。勤務隊一六一名、整備中隊五五名、計二一六名が貧弱な装備で残され、第三戦隊の指揮下に入れられました。移動した基地隊と入れ替わりに、マルレを秘匿《ひとく》するための壕掘りと、陣地構築の作業要員として配属されたのは特設水上勤務隊第一〇四中隊の一個小隊二二三名でした。小隊長、下士官を除いた二一〇名は朝鮮から強制連行されてきた〝軍夫〟です。

三月二〇日、二一日、暇だった慰安所にどっと兵隊が繰り込んできました。第三戦隊は、マルレ一〇〇隻の秘匿壕が完成し、海上作戦準備作業が完成したとして、その二日間を休養日にしたのです。折りしも彼岸を迎え、住民は久々に軍作業から解放されました。

慶良間の晴れた空高く、米軍のＢ29が飛来したのは休養日の二日目の正午頃でした。翌二二日にも午前一〇時と午後二時半頃、Ｂ29爆撃機は現れました。

## ❇小さな島が吹き飛ぶような空襲と艦砲射撃

二三日午前一〇時頃、島に空襲警報が響きわたりました。慰安所ではいつものように警報だけでたいしたことはないだろうと、みなタカをくっていました。ハルコだけが、「姉さん、早く避難しようよ。早く壕へ行こう」と、やきもきしていました。慰安所の待合室にされていた隣家の新里好枝さんが、頭に荷を載せ、乳飲み子を背負い、五人の子どもたちを連れて川を渡っていく姿が見えました。向かいの山の壕に避難するためです。

「うちらも昼ごはん食べたら壕へ行こうね」

そういいながら昼食をしていた時のことです。突然、前の山から大きな飛行機が現れたと思ったその直後、ものすごい音がしました。ポンギさんは風呂場に駆け込みました。キクマル、スズラン、カズコもいっしょでした。ハルコとアイコとミッちゃんは炊事場に逃げました。まもなく、黒煙がたちこめたので風呂場を出て、無我夢中で庭に沿った川岸まで行き、アダンの茂みの棘の中に身を隠しました。天地が大きく揺れ、土砂降りの雨のように落ちてくる機銃弾が耳元の空気をかすめました。ポンギさんは弾に今度は当たる、今度は当たると感じ、生きた心地もしませんでした。米軍機が慰安所から遠ざかった隙に川を渡って山の壕の中に逃げ込もうとすると、後ろから、

「姉さん、私たちも連れてってよ—」

という叫び声が聞こえました。振り返ると、下半身血まみれになったミッちゃんとアイコが這い出てきていました。けれど、戻って二人を助けに行く余裕はありませんでした。

その日、ハルコは死亡しました。

米軍は、沖縄本島攻撃を前に慶良間海峡を艦艇《かんてい》の停泊地として確保するため、慶良間の島々を

▲1945年３月27日、米軍が上陸してきた渡嘉志久の浜で。左から仲村渠初子さん、新里好枝さん、ポンギさん。1979年

徹底的に攻撃したのです。二五日からは艦砲《かんぽう》射撃《しゃげき》も加わり、小さな島は木っ端微塵に吹き飛んでしまうのではないかと思われるほど爆撃されました。

米軍が渡嘉敷島に上陸したのは二七日です。第三戦隊の赤松嘉次隊長は、村の中にあった戦隊本部を地図を見ただけで二三四高地の谷川沿いに移すことを決め、複郭《ふっかく》陣地を築き始めました。海抜二三四メートルにすぎないその谷間が、渡嘉敷島ではもっとも山深い場所と判断したのです。赤松戦隊長は、米軍の上陸後、住民を複郭陣地の裏の山に集めるよう指示しました。住民は激しい雨の中、山に向かいました。慰安所の隣りの新里好枝さんは、防衛隊として召集され第三戦隊とともに行動していた夫と途中で会い、「みんなが集まるところは危険だ」といわれ、乳飲み子と五人の子どもを連れ、もといた壕に引き返しました。

翌二八日、渡嘉敷では約七〇〇人の住民のうち三〇〇余名が「集団自決」に追い込まれました。同じ頃、座間味島でも一三五人の住民が、慶留間島でも約五〇名が「自決」しました。

家を慰安所として使われた仲村渠一家も、長女の初子さんの他は家族全員が、後に自決場と呼ばれるようになった複郭陣地の裏の山の斜面で死亡しました。初子さんも同じ場所にいました。「自決」しようと手榴弾《しゅりゅうだん》を囲んでいた時、迫撃砲《はくげきほう》が撃ち込まれたので、手榴弾が爆発したためか、迫撃砲を受けたのか分からなかったのですが、意識を失いました。体中、傷を負った状態で初子さんはたったひとり山の斜面に残され、数日後に助け出されたのです。救出されてからは壕の中で親戚の世話になっていましたが、米軍が来襲すると、みな深い山へ逃げていきます。身動きできない初子さんは、人っ子ひとりいない静まり返った壕の中で米兵が近くに来はしないかと怯えていました。

ポンギさんら四人は帳場の係りだった金子と山の中をさまよい、軍の毛布一枚を頼りに激しい雨の中、身を潜めていました。四月一日、米軍は沖縄本島に上陸し、慶良間諸島への攻撃は弱まりました。ポンギさんらは、住民が空襲前に避難用に造っておいた仮小屋で過ごしていましたが、食料がなくなったため、金子が赤松戦隊長のもとに相談に行きました。四人は軍の炊事を手伝うことになりました。食糧庫が空襲で最初に焼かれたため、軍には食糧の備蓄がなく、米は一日一人当たりマッチ箱一杯分しかありませんでした。第三戦隊の陣中日誌には、七月に入ると栄養失調による死者の記録がたびたび出てきます。弾に当たるより、なにより、空腹が辛かったとポンギさんはいいました。

六月三〇日、曽根一等兵が朝鮮人軍夫二〇人とキクマルとスズランを率いて米軍に投降しました。ポンギさんはカズコと二人だけ谷川沿いの陣地に残され、日本軍のもとで過ごし、八月二五日の武装解除式にも臨みました。

### ❇沖縄本島中部から南部の焼け跡を放浪

その後、民間人が収容されていた沖縄本島中部の石川収容所に移されました。

石川収容所にはだいぶ長くいました。沖縄の人々が米軍が建てた規格家《きかくやー》などに移り住み、収容所にいる人が次第に少なくなった時、ポンギさんもやむなくそこを出ました。カズコはすでに朝鮮人男性といっしょに暮らし始めていました。

行くあてなどありませんでした。ことばは分からない。親戚はもちろん、知る人もいない。所持金もなく、わずかばかりの着替えを入れた風呂敷包みひとつ頭に載せ、日本軍の地下足袋一足、手にぶら下げて、来る日も、来る日も歩き続けました。地形が変わるほどに「鉄の暴風」が吹き荒れたといわれた沖縄の中部から南部にかけての焼け跡をひたすら歩き、日が暮れかかると、バラック建ての飲み屋を探し当て、「働かせてくれませんか」と、ようやく覚えた片言の日本語で頼みこみました。

「下はいいから上でサービスしてね」

決まって返ってきたのは、そんなことばです。マダムのいう「サービス」は性サービスです。一階で酔客に酌をしても報酬は得られず、二階に上がってくる男に性サービスをする、その対価だけが報酬になりました。ポンギさんは歩き疲れて、客の相手をしながら居眠りをし、酔客に身を任せました。朝になって、バラック小屋が南国の熱い太陽に焼かれ始めると、もう、そこにいたたまれず、「マダム、ちょっと着替えを取ってくる」、そんな嘘をついて、バラック小屋を抜け出しました。そしてまた、一日中ひたすら歩きます。日が暮れ始めると、前日と同じようなバラック小屋を探し、その夜、眠る場と食べるものを得るためだけに沖縄の男たちに「サービス」をしました。そんな日が毎日続くなら、せめて同じところの方が楽ではないかとの私の問いに、ポンギさんは顔を歪め、悲鳴をあげました。

「落ち着かん。落ち着かんのよ。どこにいても落ち着かん」

何度拭っても身体にまとわりついて消えない忌まわしさを振り払うかのようにいい放ったのです。

ひたすら歩き続けていた日々がどのくらい続いたのか、ポンギさんは覚えていませんでした。

そのうち、子守をしたり、女中になったり、米兵のオンリーになっている沖縄女性のメイドになったり、市場で野菜を売ったり、餅を売ったり、空き瓶集めをしたこともありました。ポンギさんの沖縄での戦後の生活はそんな風に始まったのです。そして、バラック小屋と同じようなシステムの肴屋《さかなやー》と呼ばれた店で働くこともありました。

私が証言を聞いていた頃、ポンギさんは周期的に激しい頭痛に襲われていました。訪ねると、小さく切り刻んだサロンパスをこめかみから額、両方のまぶたにまで貼って、わずかに開けた戸の隙から顔を覗かせることがありました。そんな時は話が聞けません。頭痛は薬を飲んでも何をしても治らず、サロンパスを切り刻むその鋏で喉を掻《か》き切りたいほどだといっていました。

身元引受人になった新城久一さんの妻の母親が営んでいた料亭で働いていた頃も同様の症状にたびたび襲われていたそうです。そんな数日間は、誰が話しかけても返事をせず、食事もほとんど食べずに部屋にこもっていました。そして、時々、山羊が鳴くような声をあげたり、意味の分からない歌をうたっていることもあったといいます。沖縄の人には意味の通じない、その歌はきっと、故郷朝鮮の歌だったに違いありません。

ポンギさんは、いつ頭痛に襲われるか分からず、そんな時の自分の姿を人に見られるのがいやで、人を避け、沖縄の暑い夏でも雨戸を閉ざし、ひとりで部屋にひきこもって暮らしていました。

▲生まれ育った新禮院（シルレウォン）。戦後、沖縄でしばしば新禮院に帰った夢を見たが、帰る家がないので、夢の中でも、よく洗濯をした川の石に座っているほかなかった。

◀ポンギさんがものごころついた頃にはすでに他家に奉公に出ていた姉ポンスンさんの戸籍を辿り、探すことができた。農婦として暮らしたポンスンさんは、ポンギさんの写真を見て、男のようだと語った。1979年

## ❇引き継がれたポンギさんの遺志

一九九〇年五月、盧泰愚《ノテウ》大統領が訪日する際、韓国の女性団体が「挺身隊《ていしんたい》」問題について日本政府に謝罪と真相究明を求める声明を発表しました。それをきっかけに、いわゆる「慰安婦」問題が国際社会で論議されるようになった時、私は目を見張る思いでその動きに注目しました。ポンギさんの訴えが多くの人々にとどいたような気がしたのです。

ポンギさんの証言を聞いていた頃のスクラップブックを開くと、八四年八月二五日付『朝日新聞』朝刊にこんな記事がありました。

《戦時中の女子てい身隊動員
日本に謝罪と補償求めよ
クリスチャンの韓国女性七団体
全大統領に公開書簡》

書簡を全斗換《チョンドファン》大統領に送ったのは韓国キリスト教教会協議会（ＫＮＣＣ）の女性委員会と同教会女性連合会でした。公開書簡では、

① 太平洋戦争中に狩り出された韓国女子てい身隊に対する謝罪と応分の補償

② 帰国した韓国人原爆被害者（約二万人と推定）に対する国政レベルでの補償

③　日本人の妓生《キーセン》観光中止
④　日帝時代に動員されたサハリン在留韓国人の帰還問題の解決

の四項目を要求しています。特に、女子てい身隊については、次のように記されています。

《「無惨な死に追いやった日本の罪は到底黙認できない」として、大統領に対し応分の補償を日本政府に求めることを具体的に要求している。》

妓生観光は買春観光のことです。当時、〝モーレツ社員〟〝企業戦士〟などと呼ばれた日本の男たちは韓国をはじめ、タイやフィリピンなどアジア各地へ買春ツアーに出かけ顰蹙《ひんしゅく》を買っていました。日本軍は侵略していった先々で強姦事件を引き起こし、慰安所を設置しました。戦時の記憶が癒《い》えないうちに新たに起こった〝性侵略〟が韓国のキリスト教教会の女性たちには許しがたいことだったに違いありません。戦時と戦後の〝性侵略〟が、在韓被爆者に対する補償、サハリン在留者の帰還（注9）という、その時点では未解決だった戦後補償問題とともに視野に入れられていたのです。日本では当時、この小さな記事に注目した人は少なかったかもしれません。

一九八七年二月、私はようやくポンギさんの半生を記録した『赤瓦の家——朝鮮から来た従軍慰安婦』（筑摩書房）を上梓しました。当時、「慰安所」「慰安婦」ということばは、ほぼ死語になりかけていました。私はあとがきにこんなことを記したものです。

《女子挺身隊の一員として、公的機関によって連行された女たちの存在は、若干の記録はあるが、

不明瞭なまま歴史の闇のなかに閉ざされようとしている。》

ところが、九〇年五月、盧大統領の訪日の際、韓国の女性団体が声明を発表して以降、前述したように、「慰安婦」問題は国際的に大きな論議を呼びました。歴史の闇に閉ざされることはなかったのです。閉ざされては決してならない問題であったし、なによりも、「不明瞭なまま」では被害者は死んでも死にきれなかったでしょう。私はその後、被害者の訴えが地鳴りのように湧き起こるのを実感しました。

九〇年六月、参議院予算委員会で、この問題の真相究明を求める質問に対し、政府は次のように答弁しました。

――民間の業者がそうした方々を軍とともに連れて歩いているとか、そういうふうな状況のようでございまして、こうした実態について、私どもとして調査して結果を出すことは、率直に申しましてできかねると思っております。

韓国の金学順《キムハクスン》さんが名乗り出たのは、九一年八月です。民間業者が連れ歩いたと事実を曖昧にしようとする日本政府の姿勢に対し、日本軍によって被害を受けた生き証人がここにいるという思いで勇を鼓して名乗り出たのです。

ポンギさんはその年の一〇月に亡くなりました。沖縄在住の数少ない関係者とともに、私はポンギさんの触れたら折れそうな細い骨を拾いました。

▲韓国の「ナヌムの家／日本軍『慰安婦』歴史館」のポンギさんのコーナー。

韓国太平洋戦争犠牲者遺族会の軍人軍属三二人とともに、金学順さんら三人の「慰安婦」被害者が東京地裁に提訴したのは、同年一二月でした。

提訴後、金学順さんの証言を聞く集いが、韓国ＹＷＣＡ（東京）で行われました。会場に入りきれないほどの参加者が集まりました。ほとんどの参加者が「慰安婦」被害の証言を聞くのははじめてだったでしょう。それまで私は、ポンギさんや他の被害者の証言を繰り返し聞いてきましたが、大勢の人とともに聞くのははじめてでした。はたして大勢の人を前に、沈黙を強いられてきた「慰安婦」被害を証言できるだろうか、と、私は危惧しました。

しかし、学順さんは、毅然と証言しました。会場は、学順さんの証言を一言も聞き漏らすまいと耳を傾ける人の熱気でむんむんしていました。多くの人の熱意が、証言者の証言しようとする意思をよりいっそう鼓舞することがあることを、私はその時、はじめて知りました。

ポンギさんの遺志は学順さんらに引き継がれた、私は、そう確信しました。

注1.「**三・一運動**」＝一九一九年三月一日から約一年間、朝鮮全土を覆った反日独立運動。韓国皇帝高宗の国葬をきっかけに、三三名の連名による独立宣言文が配布され、当時の人口約二〇〇〇万のうち延べ数百万人が参加、全国二一八の市郡のうち二一七の市や郡で自主的な行動が組織された。上海に「大韓民国臨時政府」を樹立し、第一次世界大戦の講和会議に独立宣言文が届けられたが、連合国側の一員である日本からの圧力で朝鮮独立問題は無視された。

注2.「**会社令**」＝一九一〇年に施行された会社設立許可制。これによって、朝鮮の自主的な資本主義の発展が抑制された。

注3.「**産米増殖計画**」＝日本国内で一九一八年に起こった米騒動後の米穀対策から始まった計画で、朝鮮総督府は朝鮮土地改良株式会社をつくり、農業開発をさせた。その目的は、①日本の食糧問題の解決、②朝鮮内の食糧需要増に備える、③朝鮮農業経済の向上などであったが、実現できたのは①のみで、米の日本への移出高は増えたが、朝鮮での一人当たりの消費量は半減し、朝鮮の農民は水利組合費や改良工事費の負担金をとられた。また、小作料が平均六割と非常に高かったため離農を余儀なくされ、大都市周辺の土幕民（掘立て小屋に住む貧民）や山に入って火田民（焼畑耕作民）になったり、満州や日本に出稼ぎや移住する者が増大した。

注4.「**興南**」＝もとは戸数二、三〇戸の半農半漁の村であったが、一九二〇年代後半、電力、鉄道、

製鉄、火薬、肥料会社などが次々に設立され、一九三〇年代には人口六万になり、中国侵略の兵站基地の心臓部ともいうべき役割をはたした町。

注5．「**皇民化政策**」＝日中戦争以降、朝鮮総督府は、①朝鮮人に日本式の姓名への変更を強要する創氏改名、②朝鮮語教育の全廃、③神社参拝の強制、④「私どもは天皇の赤子であります」「天皇陛下に忠義を尽くします」などの「皇国臣民の誓詞」の強要など、皇民化政策を図った。

注6．「**ハルコ、カズコ**」＝仲村渠初子さんと新里好江さんは、ハルコをハルエ、カズコをカツコと記憶していたが、ここではポンギさんの記憶に従った。

注7．「**慰安所利用規則**」＝沖縄本島に派遣された山三四七五部隊の「軍人倶楽部に関する規定」（沖縄県平和祈念資料館所蔵）では、慰安所の料金を将校は三円、下士官・軍属は二円五〇銭、兵は二円、一回の時間はそれぞれ四〇分、「使用時間」は、兵は一二時より一七時まで、下士官は一七時より二〇時まで、将校は二〇時より二四時までと定めている。なお、この部隊では慰安所は「軍人倶楽部」と呼ばれた。

注8．「**ハバハバ**」＝戦後の米軍占領下の沖縄でポンギさんが覚えたであろうことば。「急いで、急いで」の意味で使われる。

注9．「**サハリン帰還者問題**」＝サハリン（樺太）の北緯五〇度以南は、日露戦争の結果、日本が領有した。太平洋戦争中、主として炭鉱労働者として四万三〇〇〇人以上の朝鮮人が強制連行され、過酷な労働を強いられ、事故や病気で多くの死者が出た。戦後、約二九万人の日本人は引き揚げたが、四万人を超える朝鮮人は日本側が受け入れを拒否し、また、労働力を必要としたソ連側の思惑などもあり、サハリンに置き去りにされた。

▲韓国釜山市などの元「慰安婦」と元女子勤労挺身隊の10人が提訴した関釜裁判の原告のひとり朴頭理（パク・トゥリ）さん。1998年

▲ナヌムの家の姜徳景（カン・ドッキョン）さんの慰霊碑のそばにたたずむ金順徳（キム・スンドク）さん。1998年

▲キム・ユンシムさんは半生を記録した『海南《ヘナム》の空へ』（日本語版はパンドラ発行）で、98年チョン・テイル賞を受賞。この賞は韓国で優れた生活記録文に与えられる。

▲「慰安所の畳はぼろぼろだった。軍人が軍刀を突き刺して“慰安”を強要したからだ。
それは抵抗すれば殺すぞという威嚇だった」と語った文泌璂（ムン・ピルギ）さん。

# Ⅱ

# 宋神道《ソンシンド》さんを訪ねる

## ❇「慰安婦110番」に届いた在日元「慰安婦」の存在

金学順《キムハクスン》さんらが提訴した翌年、つまり九二年一月一三日から一五日まで、市民グループ主催の電話による情報収集のための「慰安婦110番」が行われました。私も三日間、受話器を取りました。

一三日の『朝日新聞』では、中央大学教授の吉見義明さんが防衛庁防衛研究所図書館から軍の関与を示す公文書を発見していたことが報じられました。それまで、軍の関与を否定していた日本政府は、防衛庁所蔵の公文書にその事実が示されていたことから、加藤紘一官房長官（当時）は、「慰安婦の募集や慰安所の経営等に日本軍がなんらかの形で関与していたことを否定できない」との談話を発表しました。そして、一六日から一八日にかけて韓国を訪問した宮沢喜一首相（当時）は、「『従軍慰安婦』として筆舌に尽くしがたい辛苦をなめられた方々に心よりお詫びし、反省の気持を申し上げます」と謝罪しました。

連日、こうしたことがらがメディアを通じて大きく報道される中で「慰安婦110番」には、数多くの情報が寄せられました。その成果は『従軍慰安婦110番――電話の向こうから歴史の声が』（従軍慰安婦110番編集委員会編／明石書店）としてまとめられました。私は、寄せられた情報をもとにふたりの被害者の証言を聞き始めました。宮城県在住の宋神道《ソンシンド》さんと、船橋の遊郭から航空基地のあった茂原《もばら》の慰安所に移された、当時数え一七歳だったひとりの日本の女性（注1）です。

宋さんに関する情報は、本人から寄せられたものではありませんでした。調査カードには、宋さんの住所が記され、「訪ねてみてください」のメモがありました。情報提供者の名前や連絡先は明記されていませんでした。「慰安婦110番」を主催した実行委員会では、他の情報提供者には、了解を得られれば直接訪問し、電話では不十分だったことがらを確かめに行きました。けれど、宋さんに関しては、直接訪ねるのではなく、仙台のある市民グループと連絡を取れるメンバーがいたので、とりあえず、仙台のグループに様子をみてもらおうということになりました。すぐに訪ねなかったのは、本人が了解した上で寄せられた情報かどうか分からなかったからです。様子を見てもらおうとした仙台のグループからもなかなか連絡はありませんでした。

私は、「訪ねてみてください」という、たった一行のメモだけを頼りに仙台に向かいました。金学順さんが名乗り出た後、韓国でもフィリピンでも日本軍の性暴力被害者が次々に名乗り出ていました。しかし、圧倒的多数の被害者は沈黙を守っていました。

本人の知らないところで情報が寄せられ、「慰安婦」被害者であることを他人に知られたくないのに訪ねれば、その方の傷に土足で踏み込むことになるでしょう。けれど、もし、本人も承知で情報が寄せられたのに放置すれば、「訪ねてみてください」という意向を実行委員会は無視するこ

◀韓国・ソウルの日本大使館前で毎週行われている
「水曜デモ」に参加した宋神道さん。1998年

とになります。

それよりなにより、私は、宋さんの証言を聞きたいと思いました。ポンギさんや、他の被害者の証言を聞いた経験から、「慰安婦」被害のような苛酷な経験は決して人には触れられたくない傷に違いありませんが、思い出すことさえ耐え難い記憶を抱えていることを誰かに分かってほしいという気持があることも事実でした。

### ❇あんたと同じくらいの年の子を中国に残してきたんだよ

三月末、東北の、まだ寒風の吹きすさぶ乗換駅のホームで、私は、なんとあいさつすればよいのか、切羽詰った思いで考えました。

宋さんは、不在でした。隣の家で尋ねると、坂の上の家へお茶飲みに行っているのだろうと、案内してくれました。茶飲み話を中断し、その家から出てきた宋さんといっしょに急な坂を降りる道すがら、私は、「戦争の時の話を聞きにきました」とあいさつしました。

「なんだ、おめえ、鬘《かつら》でも売りに来たんじゃねえのか」

宋さんは、私の大きな旅行カバンを見て、鬘売りか、珍味の行商にでも来たのかと思ったようです。坂道の石につまづき、浮腫《むく》んだ足を私に見せて、膝に水がたまって痛むといっていました。

家にあがり、「炬燵《こたつ》に入れ、入れ」とうながし、最初に出たことばは、

「オレは、あんたと同じ年ぐらいの子をふたり、中国に残してきたんだよ」

でした。中国から残留孤児が肉親捜しに来る度に、もしや、自分の子も自分を探しに来てはいないか、テレビにかじりついて見ている……と。けれど、そういってすぐ、

「分かりっこないべちゃ、肉の塊のような時に投げてきたんだもの」

と、諦めきった、捨て鉢な口調でいいました。きっと、中国残留孤児のテレビ報道を見る度、そう自分に言い聞かせていたに違いありません。子が生まれても慰安所では育てられなかったため人に預けたのですが、それは宋さんには赤ん坊が「肉の塊のよう」に思えるほど、生まれて間もない時期だったのです。ありえないことですが、仮に子どもが宋さんを探し当ててきても母親だとはいえないかもしれないと、私は思いを巡らしました。宋さんは母親だといえば、その子が、慰安所で日本兵との間に生まれたことを説明しなければならなくなります。宋さんの子は、日本兵が慰安所で放埓《ほうらつ》に遊んだその結果として生まれたという事実を受け止めなければならなくなるのです。


ともあれ、宋さんは、戦争の時の話を聞きたいという私を追い返すことなく、一日中炬燵でテープレコーダーを前にいろんな話をしてくれました。ポンギさんの話を聞いていた頃と同じように、私はたびたび、宋さんの家を訪ねました。宋さんは、右の耳が聞こえません。時々、話をはぐらかされることがありました。それは、私の問いが聞こえなかったからではなく、胸の奥底に封じ

てきた悲しい記憶であることに、しばらくして気づきました。

## ※婚礼の日に婚家を逃げ出す

宋さんは、一九二二年一一月二四日、忠清南道《チュンチョンナムド》論山郡《ロンサングン》豆麻面《トゥマミョン》で生れました。父親は、農業を営むかたわらサンジュ教の布教に熱心で、いつも家にたくさんの信者が来ていました。神道《シンド》という、韓国でも珍しい名前は、きっと、父親の強い思いが込められていたのでしょう。順道という妹がいましたが、妹は母親っ子、宋さんは父親にとても可愛がられ、何不自由なく育ちました。ところが、数え一二歳の時、父親が亡くなってしまいました。

父親の死後、しばらくは、田畑を売り食いしていましたが、次第に行き詰まり、母親は薬屋を営む男性のもとに身を寄せるようになりました。その男性には病気がちな妻と娘がいました。が、息子がいなかったため、家を継ぐ男の子を産むために母親は薬屋に迎え入れられたのです。家の継続が重んじられ、女性の地位が低く貶《おとし》められていた当時、そうしたことは珍しいことではありませんでした。

妹は新しい生活に順応しましたが、宋さんは母親の身の振り方が気に入らず、ことごとく反抗しました。家庭内でいざこざが起こると、宋さんは、むしろ本妻や本妻の娘に味方していました。

母親が宋さんの縁談を決めてきたのは、数え一六歳の時です。宋さんは、自分が邪魔なので早く嫁に行かせようとしたのだといいます。けれど、当時、その年齢では決して早婚ではなく、また、親が娘の結婚を勝手に決めるのもごく一般的な慣習でした。

それが当時の一般的な慣習だとしても、まだまだやんちゃ盛りだった宋さんです。婚家への輿《こし》入れには、文字通り輿に乗って行ったのですが、その窓に貼られた紙に指につばをつけて穴を開け、そこから覗いて家に帰る道順を必死に覚えておきました。婚家には、祝い客が大勢来ており、近所の子たちも婚礼を見に来ました。宋さんは、集まってきた近所の子たちとお手玉遊びに興じる、そんな幼い花嫁でした。

夫となる男性は二七歳の、いかつい顔をした農夫でした。婚礼の前に一度顔を合わせただけです。夜になって、その男性にチマ・チョゴリを脱がされた時、宋さんは驚いて、手洗いに行くと嘘をついて、下着姿のまま一目散で逃げ出しました。蛙の鳴くあぜ道を走って走って家に辿り着きましたが、母親に叱られることは目に見えています。宋さんはオンドルの火をたく竈《かまど》の中に足から入ってその夜は眠りました。

翌朝、母親の怒声で目を覚ましました。宋さんは、竈から這い出て、灰だらけのまま家の外に出ました。母親が追ってきましたが、若い宋さんの方が足が早く、逃げ切りました。

けれど、行くところがありません。家に帰れば必ず婚家に連れて行かれます。年の離れた怖い顔の農夫といっしょに暮らす気にはどうしてもなれませんでした。

その日から、友達の家に泊めてもらったり、人の家の手伝いをしたり、子守りなどをして、あちこちの家を転々としていました。そんなある日、大田《テジョン》で四二、三歳くらいの女性に「戦地に行って、御国《みくに》のために働かないか」と声をかけられました。

戦地がどんなところか、まったく分かりません。御国のために働くといってもどんなことをするのか、不安に思っていると、その女性は、母親と同じ北朝鮮の出身で、母親とは知り合いだと、宋さんの気持を和らげるようにいいました。後に、その女性は「人間ブローカー」で、若い女性を集めていたことを知りますが、それは、だいぶ経ってからのことです。この「人間ブローカー」にとっては、世間知らずな娘を手なづけることなどいとも簡単だったでしょう。宋さんが、向こう見ずに婚家を逃げ出し、不安定なその日暮らしをしていることをことば巧みにひきだすと、人の気持をくすぐるようなことをいいました。

「戦地で御国のために働けば、結婚なんかしなくてもひとりで生きていける」

一般の女性が結婚せずに暮らすことなどほとんどあり得ないと思われていた時代です。宋さんは、結婚しなくてもひとりで生きていける、ということばにまんまと乗せられてしまいました。

出発を前にして、妹に会いに行きました。ところが、故郷ではたいへんなことが起こっていました。母親が病死してしまったのです。妹は親戚の家に預けられていました。宋さんは、婚家に戻ることはもちろんできず、妹とふたりで親戚の世話になるのも気がひけ、いよいよひとりで生きていかなければならない状況に立たされたのです。宋さんは、子守りなどをして貯めた小遣いで、糸と針を買い、身だしなみはたいせつだから、着るものがほつれたら繕うようにと妹へ贈りました。

## ❇一六歳で中国・武昌の慰安所へ

「人間ブローカー」に連れられて、大田を発つ時、他にふたりの娘も一緒でした。宋さんらは平壌《ピョンヤン》を経て新義州《シニジュ》に連れて行かれました。「人間ブローカー」は、紹介所という看板のある建物で、宋さんらをコウさんという朝鮮人男性に引き渡しました。新義州は、中国との国境の町です。新義州からの引率者はコウさんに変わりました。女性の数は十数人、若い人ばかりです。宋さんは年下の方でした。長い時間列車に揺られて天津《てんしん》に着きました。

コウさんは、これから始まる生活に少しでも慣れさせようとでも思ったのでしょうか。娘たちを三階建ての建物のそばまで連れて行きました。着物を着た女性が道行く兵隊たちに声をかけていました。兵隊と絡み合って中に入って行く女性もいました。これからどんな仕事をするのか聞いても、コウさんは、「そのうち分かるから」と曖昧にことばを濁すだけでした。その時、宋さんは、長い髪を三つ編みにして、チマ・チョゴリを着ていましたが、コウさんは、「そんな格好じゃあ、商売にならない」と、天津で買い込んだ着物やワンピースを娘たちの目の前に広げました。

宋さんは、縞柄が似合うと着物をあてがわれ、ワンピースも一着選びました。

天津からは大きな船に乗りました。戦地がどんなところか目の当たりにしたのは、漢口《かんこう》で中国人の漕ぐ小さな舟に乗り換えて対岸に向かった時でした。水を呑んだためか、異様に膨張し、釘のようなものを刺された遺体がうつ伏せになって浮かんでいました。

### 宋さんがたどった経路

※地図内の波線は現在の国境線。『宋さんといっしょにＰＡＲＴ２』（在日の慰安婦裁判を支える会編）より

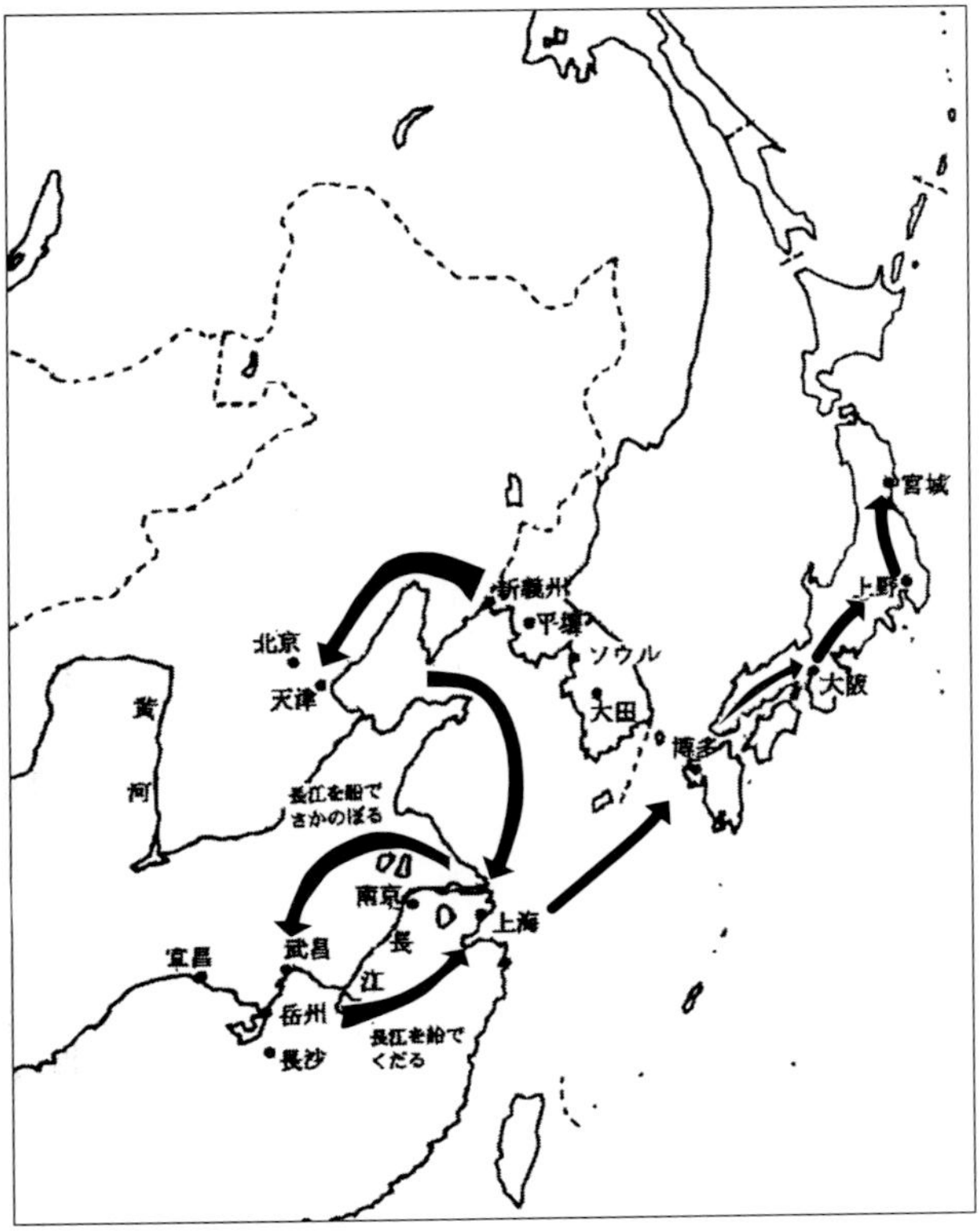


小船を下りて、連れて行かれたのは煉瓦《れんが》で出来た建物で、その出入り口には血のりがついていました。そして、建物の外にあった便所の前のあまり大きくない木の下に死体が放置されたままになっていました。一番年下の宋さんがその死体を片づけなければならない羽目になりました。あちこち探して鍬を借りて来て、

長い穴を掘り、その死体を埋めました。出入り口の血も洗って落としました。

そこは武昌《ぶしょう》という町でした。一九三八年、もう、だいぶ寒くなっていました。

その前年の三七年一二月、日本軍は中国の首都南京《ナンキン》を占領しました。その後も華中の戦域は拡大し、三八年四月から五月にかけての徐州《じょしゅう》会戦を経て、八月二二日から武漢《ぶかん》攻略戦を展開します。中支那《なかしな》派遣軍の指揮のもと、第二軍が北の大別山脈方面から、第一一軍が揚子江《ようすこう》(長江)沿いに前進して行き、一〇月二五日から二七日にかけて武漢三鎮《さんちん》といわれた武昌、漢口《かんこう》、漢陽《かんよう》を占領しました。武昌と漢口に最初に入ったのは第六師団です。この師団は南京攻略戦以来、激戦を重ね、多くの死亡者を出して兵は殺気立っていました。

## ❇拒否すれば帳場にも兵隊にも殴られる

宋さんら、十数人の朝鮮の少女たちが武昌に着いたのは、武漢攻略戦直後の三八年一一月頃だったでしょう。煉瓦建ての建物は、もとは食堂か旅館でもしていたような広い二階建てで、もといた中国人の臭いがまだ残っていました。宋さんたちがその建物に入ってから大工出身の兵隊が来て、広い部屋を小部屋に仕切っていました。藁《わら》布団を敷けば、あとはほとんど何も置けない狭い部屋です。二階に作られたその小部屋に宋さんらは一人ひとり入れられました。

一階は広間と、映画館の切符売り場のような受付、そこにはサイという帳場の人がいました。それに、台所と食事をする部屋がありました。

宋さんたちより先に五人くらいの女性が来ていて、慰安所はすでに開設されていました。世界館という看板が掲げられていました。大勢の兵隊が押しかけてきて、後から到着した少女たちを見境なくわがものにしようとしましたが、帳場が検査が済まないうちはだめだといっていました。

性病検査が行われたのは、武昌に到着してから一〇日か、二週間くらい過ぎた頃です。世界館の空き部屋に検査台がありました。その台にあがって検査を受けるんだと教えられました。検査には軍医が来ました。下半身むき出しにされ、強い衝撃を受けた宋さんは泣いて抵抗しました。軍医は、宋さんがあまり泣いて暴れるので、「もう、いい」というように尻を叩きました。軍医は、性経験のない少女には性病の可能性はほとんどないと判断したのでしょう。内視鏡を使っての検査はしないまま終わったのです。

ところが、その晩、突然、軍人が部屋に入ってきました。昼間、検査をしに来た軍医でした。宋さんは、怖くて突っ立っていました。身体を引き寄せようとされましたが、身を硬くして応じませんでした。

――こっち来いって引っ張ってもだめだって、ういういと泣いたの。わけ分からない。殺すつもりでいるんだか、どういうつもりでいるんだか。半分は怖いし、半分は悲しいし、ことばは分からないし、たいへんだったよ。

軍医は、かわいそうにとでも思ったのでしょうか、宋さんの髪を撫でただけで帰っていきました。

ところが、それで事はすまされず、帳場にひどい仕打ちを受けました。鼻血が出るほど殴られ、軍人の要求を受け入れないなら借金をいますぐ返せと脅されました。宋さんは、大田から新義州まで連れられてきた女性からも、コウさんからも金は一銭も受け取っていません。帳場の説明では、大田から武昌に来るまでにかかった汽車賃、船賃、食事代、宿泊費、コウさんが勝手に買い与えた着物やワンピースの代金までも借金として計算されていたのです。

性病検査のあった二日後くらいから、後から来た少女たちも軍人の相手をしなければなりませんでした。宋さんは、小部屋からたびたび逃げ出しました。

——泣いてそっち逃げたり、こっち逃げたり、とにかくなんでかんで逃げて、あーあ、嫁ごに行けっていった時、だまって行けばよかったっていったって、遅いもの。(部屋に) いなくなると、探すわけさ。死んだんじゃねえか。迷子になったんじゃねえかって。何回も何回も逃げて捕まえられて、帰ると足で蹴ん殴ってやあ。髪つかんではたかれたりするんだ。ビンタ下手に当たると、鼻血がパッパと出る。血がとまらない場合もあるから雇う人もおっかなくなってやめるんだ。飯も食わせない時もあるんだよ。狭いところに入れられて、結《ゆっ》つけられてやあ。飯食わなければ死ぬって、また、部屋に連れて行って、「今日からだまって兵隊さんのいうこと聞くんだよ」って、こういうわけさ。「ハイ」なんて聞いてても、その時間が来るといやなんだもの。朝鮮へ帰りたくても、何度も汽車と船乗り換えて来てるべ。帰りようが分かんねえ。羽でもあればいいけど、帰れないいんだもの。

宋さんらは外出を禁じられていました。出入り口のそばの受付で、帳場がいつも見張っていました。仮に帳場の隙を突いて逃げ出しても、所持金がなかったので乗り物には乗れず、中国語が分からないので、道を聞くこともできません。宋さんがあちこち逃げたというのは、世界館の中でのことなのです。それでも、見つけ出されると、陰惨な制裁を受けました。慰安所での任務から逃れられないことをそうして叩き込まれたのです。何回暴行を受けても、宋さんは小部屋にはいられなくて、台所に身をひそめたり、便所に隠れたりしていました。

——もう、泣いてばかりで。死ぬに死ねないし。結局、殴られてもこの中にいるほかないなと思って。

兵隊からも始終殴られました。少しでも気に入らないことがあると、容赦なくビンタが飛んできました。

宋さんは、最初のうちはことばが通じないことがとても辛かったといいます。兵隊は必ず牛蒡《ごぼう》剣《けん》（小銃の先に付ける短い剣）と呼ばれた銃剣を提《さ》げてきます。見も知らない兵隊に身体に触れられるのが怖く、かといって抵抗すれば、銃剣を抜かれるのではないか、いつも怯《おび》えていました。

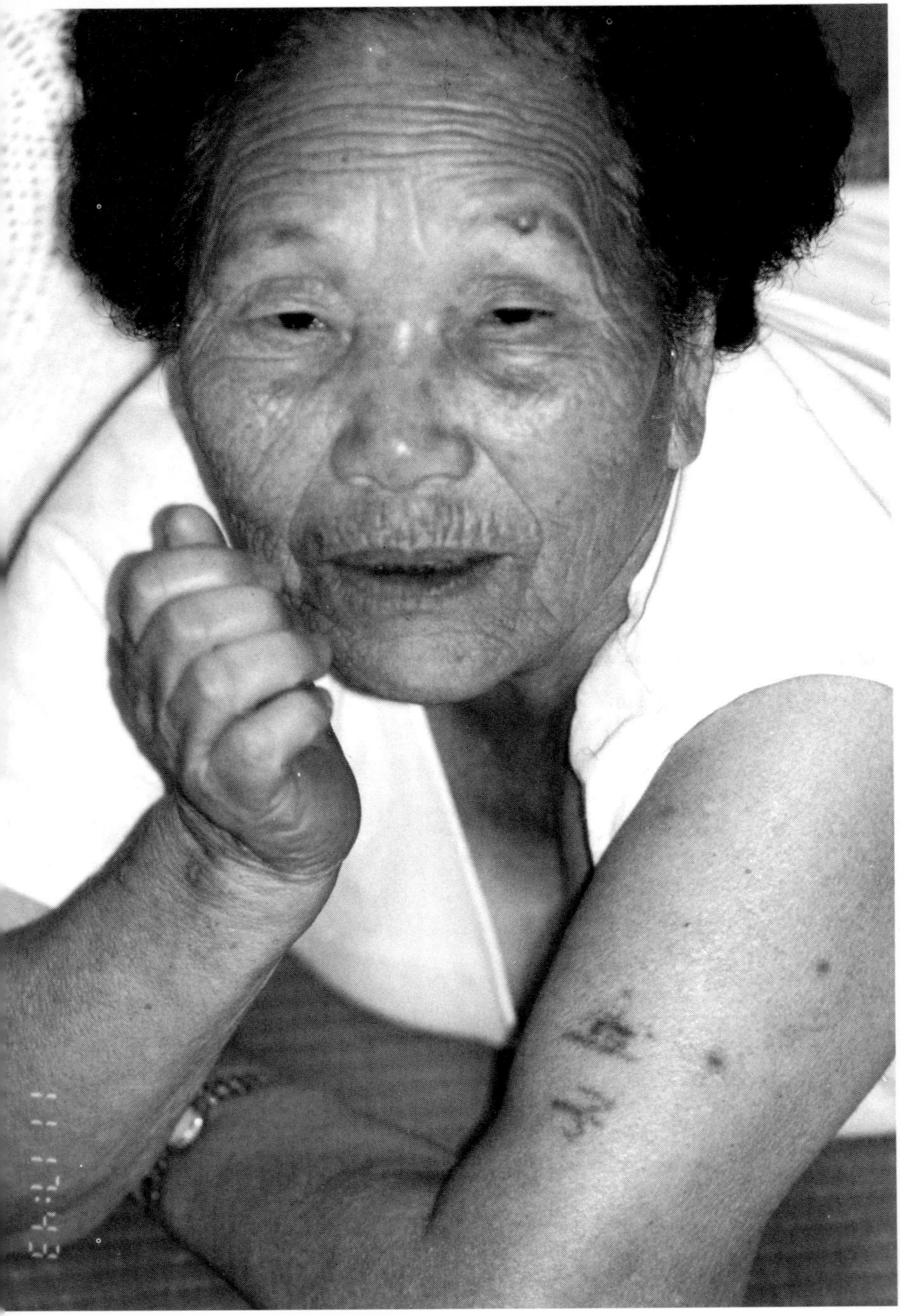

▶左腕に彫られた「金子」の刺青は慰安所の源氏名で、先輩が名前を忘れないようにと彫ったと宋さんはいうが、おそらく逃亡防止のため業者が彫らせたのだろう。銭湯で人に見られて恥ずかしいので、針で突いて消そうとしたが、途中で断念した。◀「ナヌムの家／日本軍『慰安婦』歴史館」に慰安所の部屋を模した展示がある。そこにいくと、思わず中に入り、自分の部屋の様子を説明した宋さん。

ことばが通じないため、兵隊がなにをしようとしているのか、なにを考えているのか、まったく分からず、いっそう恐怖がつのったのです。

実際、気の荒い兵隊は些細なことで銃剣を振り回しました。酒を飲んできた兵隊もなにをするか分かりませんでした。各部隊の慰安所利用規定では、慰安所での飲酒を禁じていましたが、慰安所に来る前に酒を飲んで来る兵隊が少なくありませんでした。

――帳場には殴られる。軍人たちには殴られる。本当に殴られどおしだよ。足で蹴っ飛ばしたり。あんな大きな手、釜の蓋《ふた》みたいな手で叩かれてごらんなさい。だから、私の頬っぺたはタコがよっちゃって、なんぼ殴られても痛くないの。太鼓と同じ。叩かれ慣れて。

宋さんは右の耳が聞こえません。軍人たちに殴られて耳の中の傷が化膿したのか、いつも膿《うみ》が出ていました。また、宋さんのわき腹には一〇センチ余りの傷痕があります。軍人に剣で切られた痕です。腿《もも》の付け根にも深く抉《えぐ》られた傷痕が残っています。

武昌は、日本軍の兵站《へいたん》基地になりました。前線部隊への弾薬や医薬品の補給基地であり、通過部隊の将兵が給養をとる基地です。

通過部隊がくると、世界館は兵隊であふれました。一階の出入り口を入ってすぐ傍の受付で将兵たちは切符を買います。受付の前は広間になっていました。通過部隊が武昌に来た時は、二階の小部屋で何人兵隊の相手をしても、広間から銃剣の擦《こす》れ合う音がカチャカチャと何時間たっても聞こえてきました。多い時には、一日七〇人も相手をしなければならない日もあったほどです。

——入れ替わり、立ち代わり、表の方、蹴っ飛ばしたり、早くやれだの、なんだのかんだのって。自分のズボン脱いで、自分の手でセンズリ掻《か》いて立っているバカもいるし、いろんな人間がいました。

これから前線に向かう兵隊は殺気立っていました。前線から帰ってきた兵隊は気持が荒《すさ》んでいました。順番を待ちきれず、自慰をする兵隊もいました。そんな兵隊ばかり相手にしていたから、すっかり気が荒くなってしまったと、宋さんはいいます。

慰安所の利用時間は、世界館の場合、兵隊は朝七時から夕方五時まで、下士官が五時から八時まで、将校が八時から一二時まででした。

世界館の近くに大和館、寿館という慰安所がありました。ある日、寿館に憲兵が出入りし、騒然としていました。連れて来られたばかりの少女がクレゾールを飲んで自殺したのです。クレゾールは洗浄用に常備され、水を張った洗面器に数滴たらして各部屋で使用していました。その原液を飲んだのです。便所に空になった瓶が転がっていたという話が宋さんたちに伝わってきました。

——その女《おな》ご、偉いよ。自殺するぐらいの頭、あっから。おら、そんな死ぬような頭ないもの。

宋さんは、兵隊の相手をするのが死にたいくらいいやでしたが、死ぬことはできませんでした。

——なんぼでも生きるもの。生きたいぐらい生きるんだから。とことんまでも生きれば、うまいものも出っぺし、甘いものも出っぺし。人間は辛くても何でも、生きて生きて、勝負つけなければ分かんねえんだでば。死んでしまったら、たばこの灰と同じだから。

死んだ方が楽に思えるような状況は寿館も世界館も同じです。けれど、宋さんは、生きようと思ったというのです。

## ❇慰安所での妊娠、出産

宋さんは、慰安所で何度も妊娠しました。

軍が定めた慰安所利用規定では、性病を予防するため将兵に衛生サック（コンドーム）の使用を義務づけていました。けれど、規則に違反し、衛生サックを使わない軍人もいました。また、破れたりして「慰安婦」が妊娠してしまうこともありました。

お腹が大きくなっても容赦なく兵隊の相手をさせられました。その影響だったでしょう、最初は死産でした。妊娠七か月目のある日、妙にお腹が冷えました。痛みも感じ、次第に激しくなっていきました。耐え切れないほどの激痛が何度も襲ってきました。そして、最初、片方の足が出てきたのです。逆子《さかご》でした。両方の足が出てこなければ、身体が出てこない、激痛のきわみでそう直感し、いきみました。どうやら、もう片方の足も出てきたので両足をひっぱりましたが、力が入りません。そばにあった握り飯を頬張り、思いっきりいきむと、ようやく頭も出てきました。

子どもはすでに死んでいました。へその緒がぶどう色のナマコのような柔らかい体に絡《から》まっていました。胎盤《たいばん》が残れば自分も死ぬ、そう思って、細いへその緒をそーっと引きました。運良く、へその緒は切れず、胎盤も出てきました。宋さんは、小さな遺体と胎盤を自分で世界館の裏の山に埋めました。

それからしばらくして、また、妊娠しました。妊娠八か月くらいの時、その身体では使い物にならないと、漢口《かんこう》の海軍慰安所に移され、掃除や洗濯、使い走りなどの雑用をしていました。

そして、今度は大事をとり、産婆に来てもらって出産したのです。子は無事に生まれました。力いっぱい産声《うぶごえ》を上げ、産湯《うぶゆ》につかっている赤ん坊を見ると、それまで味わったことのない温かい感情がこみあげてきました。

――なんだや、おもしろいんだなあ。よくこういうなのが腹の中に入っていたなあと思って、見れば見るほどおかしくてたまらなかった。

赤ん坊は小さな手を握り締め、少しもじっとしないで細い足を動かしていました。宋さんは、得《え》もいわれない満ち足りた想いでわが身から生まれた赤ん坊の元気な動きを見ていたのです。

宋さんは、母親が薬屋と暮らすようになってからずいぶん反抗しました。母親が自分を邪魔者扱いし、結婚を急がせなければ、戦地の慰安所に来ることもなかったと恨んでもいました。けれど、母親もこんな風に自分を産んでくれたんだなあと思うと、そんな気持がスーッと消えました。

宋さんが家を出た後、他界した母親には、たとえ、朝鮮に帰れたとしても絶対に会えなくなってしまったのですが。

宋さんは、出産前に自分で縫って用意しておいた産着《うぶぎ》を赤ん坊に着せてあげました。しかし、慰安所で子どもを育てることは許されません。生後一か月くらいの時、子どもがほしいという朝鮮出身の女性がいたので預けることになりました。

ところが、何日もたたないうちに、泣いてとても手におえないと、女性は赤ん坊を返しに来ました。

――オレ、泣いたな。これ、なんじょにして育てるの。主人は稼がせようとするし、子どもをもらった人は泣くからだめだって来るし、どうにもできねえんだもの。

ミルクはあまり普及していなかった当時、突然、母乳を飲めなくなった赤ん坊は、お腹を空かせて泣いたのです。宋さんは、飲んでくれる子がいなくなってパンパンに張ってひりひりと痛んでいた乳を赤ん坊の口に含ませました。そして、はりさけそうな思いで女性にいいました。

「子どもはおもちゃじゃないんだから、子どもがかわいいと連れて行って、泣くからって返しにくるようなことをしないで、おもゆでも砂糖湯でも作って、飲ませてください」

女性は子どもを連れて帰りました。

――なんじょになったもんだか……。

それから、まもなく、宋さんは漢口《かんこう》から岳州《がくしゅう》の慰安所へ移され、その後の子どもの消息は、風の便りで聞くこともまったくありませんでした。

武昌の世界館には三年間いました。出産の一、二か月前に漢口に移され、出産後やはり一、二か月で岳州に行きました。宋さんは、子どもを産んだのは何歳の時の経験だったか、記憶していません。慰安所で何回か妊娠した、その順序も、その時、何歳だったかも覚えていません。慰安所という、子を産み育てることが許されない環境が宋さんからその記憶を奪ったのでしょう。漢口の海軍慰安所での出産だけは、計算すれば一九歳の時ということが分かります。

## ❋軍に連れられて戦場を転々と

岳州《がくしゅう》に移されたのは、同様に計算すれば一九四一年です。

宋さんは、岳州に行ってから、いろんなところに移動させられました。地名で覚えているのは、長安、咸寧、応山、蒲圻などです。行ったことはないけれど、兵隊たちの話によく出てきたので覚えているのは、宜昌、沙市、安陸、長沙などです。いずれも第一一軍が占領、あるいは作戦を展開した地域です。そして、宋さんが岳州に移動した前後から、第一一軍の司令所や作戦にあたった師団の司令部がおかれた町でもありました。この地域は、日本軍の占領地の中でも最も中国軍側に突出しており、絶えず戦闘が繰り返されていた第一線でした。

◀「ナヌムの家／日本軍『慰安婦』歴史館」の韓国の被害者の写真の前で。上段の真ん中は最初に名乗り出た金学順（キム・ハクスン）さん。

宋さんは自分が相手にした兵隊が属していた師団も記憶しています。六師団、九師団、三師団、一三師団、四〇師団、峯部隊などです。峯部隊は、独立混成第一七旅団のことです。宋さんが岳州に移る前年、つまり、一九四〇年四月末から六月末にかけて展開された宜昌《ぎしょう》作戦の第一期作戦では第一一軍の司令所は応山に、第二期作戦では安陸にありました。国民政府の首都は南京、武漢、重慶へと移されましたが、宜昌は重慶に近い日本軍の最前線基地でした。

一九四一年九月中旬、大規模な長沙作戦が行われます。長沙は国民政府軍の根拠地でした。この時の第一一軍司令所は岳州です。

一九四三年二月中旬から三月中旬の江北殲滅《せんめつ》作戦にあたった師団のうち、第四〇師団の司令部は咸寧に、三師団の司令部は応山に、一三師団の司令部は沙市、独立混成第一七旅団の司令部は岳州におかれました。

こうしてみると、宋さんは、軍司令所や師団司令部があった町の慰安所にいたことが分かります。

応山にいた時のことです。同じ慰安所にいたトシコという少女は、兵隊に大きな石を投げつけられて死にました。トシコというのは源氏名《げんじな》で、やはり朝鮮の少女です。体調が悪いからと断わると、兵隊は怒り、窓際にいたトシコに向かって投げた石があたり、腹膜炎をおこしたのです。何日も苦しんで寝ていましたが、なんの治療も施されず、結局、息をひきとってしまいました。

――死んだら死んだっきり。焼くでもない。山に穴掘って、なまで埋めるだけ。兵隊と心中した人もいました。大邱《テグ》から来た女性でした。兵隊の遺体だけが焼かれ、遺骨は日本に送られました。

――一緒に死んでも、兵隊さんは自分の国に帰れるけど、この朝鮮の女は自分の国に帰れないの。やっぱり、穴掘って埋めるだけ。(肉親が)朝鮮のどこにいるもんだか分からないし、そうするほかないんだもの。日本の兵隊と死んだんだから、なんとかして一緒に焼いて、同じ日本の国さ送ってやるとか、そういう気持ちはない。兵隊だけ国さ送って。だから、国の人間には、敵の弾《たま》に当たって死んだと思われる。かわいそうなのは、朝鮮人だけや。死んでも差別つけられるし、生きても差別つけられるし、たまらないや、いま考えてみたら。

兵隊は「慰安婦」と心中しても、遺族は送られてきた遺骨を名誉の戦死として受けとめたでしょう。「慰安婦」の遺体は放置され、仲間が哀れんで自分たちで掘った穴に埋めました。

時々、部隊付きとして出張のように出かけることもありました。軍から要請があると、慰安所の経営者は指定された人数を揃えました。経験を積んだ「慰安婦」です。軍から支給された鉄兜をかぶり、もんぺに脚絆《きゃはん》を巻いて、ズックを履き、クレゾールと洗面器を持っていきました。食事、医療品などは軍から支給されました。部隊付きで行った先では、洗濯、戦傷病者の看護なども手伝わされました。

――一個中隊なら一個中隊、部隊づきでくっついて歩《ある》って。兵隊さんと一緒に戦争しているのと同じだよ。家も何もないから、防空壕みたいに人間ひとり寝られるぐらいの穴掘って、毛布でも敷いて、そこでやるんだ。だって、明日死ぬか分からないんだもの。兵隊さんたち、はめて死ねば本望だって頭でいるから。夏はいいけど、冬はいやだよ。死ぬより辛かった。おなごの尻はひゃっこいからなあ、土の上でやるんだもの。凍るように寒い。それで、やった後、すぐに討伐さ行かねばならね、って発《た》って行くべ。われわれも寝てもいられねえんだ。洗濯したり……。

血のりのついた軍服を洗うのがたいへんでした。いくら洗っても血は落ちませんでした。軍は常に水を求めて宿営する場所を決めました。軍にとって、水は煮炊きするために必要でした。「慰安婦」にとっては、洗面器に水を張って、クレゾールを入れ、性病予防のための洗浄液を作るのに欠かせませんでした。泥水でも沸騰させ、滅菌して使ったのです。

部隊付きで行った時、兵隊から料金を受け取ったことはありません。

その頃、宋さんはほとんど借金はなくなっていました。軍人が支払う料金のうち、主人が六分、「慰安婦」が四分の取り分があったはずですが、慰安所でも、やはり、支給されませんでした。主人に聞くと、国防献金として、銃弾などを作るため日本に送っていると説明されました。残りは戦争が終わって、故郷《くに》に帰る時に渡すから心配しなくもよい、と。

次第に空襲が激しくなりました。空襲警報が鳴ると、いっせいに防空壕に避難したのですが、宋さんは、大きな壕には入りませんでした。軍人が「火を焚《た》いてはいかん」とか、子どもが泣くと、「追い出せ」などといばっていたからです。宋さんは、人が大勢集まるところは避け、小さな壕や岩陰に身をひそめていました。壕には水が溜《たま》り、よく蛇がいました。

空襲警報が鳴っても逃げられないこともありました。

——空襲されたら、ひでえもんだよ。とにかく兵隊さんが上に乗っちゃって「大丈夫だ、大丈夫だ。こうやって、空襲されて、一緒に爆弾に当たって死んでも本望だ」なんていって、絶対やめる気もないし、逃げるといったって、放さないし。本当に辛かった。弾に当たって死んだらどうしよう、と思って。

中国人の民家などは避け、弾薬庫や糧秣《りょうまつ》庫など、日本軍の施設が集中的に空爆されました。すると、日本軍は、その場所を教えた者がいるに違いないとスパイ探しをしました。数日後、兵隊が慰安所に「いいものを見せてやる」と誘いに来ました。空襲で損害を受けた報復として、日本軍はスパイかどうか分からない中国人を捕らえて来て、殺害したのです。その殺害現場を「慰安婦」たちにも見せようとわざわざ誘いに来たのです。五、六人の中国人が目隠しをされ、後ろ手に縛られて大きな穴を掘った前に跪《ひざまず》かされていました。軍刀がその人たちの首に振り落とされた時、血が噴き上がった、と、宋さんはいいます。

その晩、宴会が催され、「慰安婦」は酌《しゃく》をするために呼び出されました。

――殺した後、帰って来て宴会やっぺ。そこが兵隊なんだな。きつい。オレもよく、（兵隊に）殺されないで（一緒に）歩ったもんだ。だけど、人間として、あんな残酷なやり方するもんじゃねえんだ。朝鮮人だって、支那人だって、どこの人間だって生きていたくねえ人間いねえんだよ。

## ❇いっしょに日本へ行こうとだまされて

戦争が終わった時、宋さんは咸寧にいました。日本が戦争に負けた、中国が勝ったと聞いても何の感慨もわきませんでした。ただ、自分はこれで慰安所から足を洗えるということだけが深く胸に沁みました。朝鮮に帰る気にはなれませんでした。乞食のような格好では帰れないと思ったし、帰りたくなかったし、第一、どうやって帰ればよいのか、分かりませんでした。

宋さんは、武昌に連れてこられた一六歳の時から七年間、慰安所で辛酸を舐《な》めつくしました。長い年月、心身を拘束されて、自分の意思で自由に行動することは許されませんでした。文字通り、性奴隷状態におかれていたのです。突然、解放されても放心状態で、これから先どんな風に生きていけばよいのか、まるで見当もつきませんでした。

そんな状態の時、峯部隊の小田金作（仮名）が宋さんを訪ねてきました。兵隊はそれぞれ所属部隊を示す胸章をつけていました。その胸章で兵隊がどの部隊に属しているか分かったのです。峯部隊は、日の丸が風で菱形になびいているようなマークでした。現地除隊したといって軍服姿ではなく民間人になっていた小田は、いっしょに日本に行こう、と宋さんを誘いました。あまりにも突然だったので、宋さんはとまどいました。何度か慰安所に通って来ましたが、小田には馴染みの「慰安婦」がいると聞いていました。空襲で五〇人くらいの「慰安婦」が死亡したことがあり、その時、その「慰安婦」も亡くなったのです。

宋さんは、小田の唐突な誘いに乗りました。慰安所のマダムは心配して小田に、朝鮮の女性を日本に連れて帰って親に反対されたらどうするのかと問いただしました。そして、宋さんは、一緒に行くなら入籍しなければいけないと釘をさされました。

漢口から引き揚げ船が出ると聞いて、野宿しながら小田と二人で漢口に向かいました。小田は金を持っていませんでした。宋さんの所持金も瞬《また》く間に消えました。

漢口の日本租界《そかい》には、民間人の引揚者が大勢集まっていました。台所も便所もない、ただ雨露をしのぐだけのアンペラ小屋で引き揚げ船に乗れる日を待ちました。雑炊が配給されたものの、それだけでは空腹で、宋さんは近くの家をまわって洗濯の注文を受け、わずかばかりの報酬を得ました。

日本租界の役場のようなところに行き、入籍の手続をとろうとしましたが、そこでは正式には入籍できずタンゲン証明（注2）が出されました。宋さんのように、日本人といっしょに引き揚げ船を待っている朝鮮の女性が八人いました。隣のアンペラ小屋のタカコは学校を出たので日本の文字も読めました。タカコは、タンゲン証明は小田に持たせないで、必ず自分で持っているようにと宋さんにいいました。

引揚証明書を渡され、船に乗れたのはずいぶん月日が経ってからでした。

船は博多に着きました。小田は、博多に着くと、心変わりしたのか、宋さんからむりやりタンゲン証明を奪い、破いてしまいました。それでも宋さんは、埼玉県深谷の小田の実家まで必死について行きました。老母と小田の兄が畑仕事をしていました。麦の青さが目にしみました。その晩と次の晩、宋さんは小田の実家に泊まりました。小田は結婚する気は毛頭ありませんでした。老母と兄は、無責任な小田を厳しく責めました。宋さんと別れるにしても、ひとりで生きていけるように段取りをつけるようにと、意見しました。

小田は翌日、宋さんを大阪の鶴橋に連れて行きました。戦前から朝鮮人が多く住んでいた地域です。

「パンスケにでもなれ」

そういって、小田は去りました。

「アメリカの兵隊がいっぱいいるから、もとの『慰安婦』と同じように働けば食っていけるだろ」

と。あまりにもひどい仕打ちでした。宋さんは納得できませんでした。鶴橋に近い桃谷にあった長靴工場で二、三か月働き、小田の老母にみやげを買って深谷に行きました。

再び、老母と兄を交えての話し合いになりましたが、小田は結婚する気はありませんでした。家を出る時、老母が簡単服（ワンピース）を作るようにと布地と米一升五合、それに握り飯を持たせてくれました。行くあてもなく、汽車に乗り、上野に着きました。浮浪者がたくさんいました。手洗いを探していると、親切に声をかけてくれた人がいました。

「便所なら向こうにあるよ。荷物は見ててやるから行って来な」

手洗いは、いくら探しても見つかりませんでした。荷物を置いたところに戻ると、男の姿はなく、荷物もなくなっていました。荷物の中には、老母からもらった布と米、それに引揚証明も入っていたのです。それらすべてを失って、いよいよ、どこに行くあてもなく、呆然と汽車に乗りました。ずいぶんと長い時間、汽車に揺られていました。

死に吸い寄せられるように、デッキに出ました。慰安所の苛酷な状況を生き抜いてきた宋さんが、生きる気力を失ってしまったのです。走る汽車から飛び降りました。お腹のなかの子だけが死に、宋さんは死ねませんでした。その時、妊娠していたのです。まぎれもなく、小田の子どもでした（注3）。

## ❇誰にも語れなかった過去

宮城県石越の農家で何日か世話になり、闇米《やみごめ》を仕入れに来ていた田中という通名の朝鮮人男性と知り合いました。田中は自分の住んでいる町に金沢孝一（仮名）という人が飯場《はんば》をやっているから、そこで飯炊きでもすればいいといってくれました。

金沢孝一の本名は金在根（仮名）、慶尚北道出身で二〇年くらい前から日本に来ていた朝鮮人でした。髪はボウボウ、破れたズボンをはき、何日も風呂に入れずうす汚れ、皮膚病にかかっていた宋さんをよほど哀れに思ったのでしょう。金在根は、飯炊きはできないという宋さんに、じゃあ、茶碗でも洗ってくれればいいと快く引き受けてくれたのです。

――飯炊きどころじゃないんだよ。半病人みたいだから。頭も何もしらみだらけ。卵わあわあとわいて。どうしようもない身体だったんだもの。タムシもうつっちゃって。そんな人間がどこでどうやって生きていかれるのよ。

金は、どうしてこんな半病人のようになったのかと、宋さんに聞きました。宋さんは、「慰安婦」だったことも、小田に棄てられたことも話せず、ただ、泣いてばかりいました。金は、宋さんが着ていたしらみだらけのセーターをいろりの火にあぶりながら、

「かわいそうにな」

「ばかだな」

と、つぶやいていました。しらみは火にあぶられると熱くてたまらずセーターから出てきて、ぽとぽと、おもしろいように落ちました。

それから、宋さんは、命の恩人の金を父親のように頼り、一緒に暮らすようになりました。金は一九〇五年生まれ、宋さんより一七歳年上です。名前も金の通名に合わせて金沢とし子と名乗り、世間からは夫婦に見られました。が、金とは性的な関係はまったくありませんでした。

――ただ、父ちゃん、父ちゃんとばかりいったよ。私は「慰安婦」で働いてきた人間だし、やっぱり体も半病人みたいになっているから、そんな気持はぜんぜんないの。肉体関係倒産したようになっているから、金さんであろうが、誰だろうが、男なんか見ると、あの野郎、なんだ、と思うくらいだから。金さんばかりじゃない。男の顔見るといやになってくるんだ。「慰安婦」で生きてきた人間だから。

金には、ついに慰安所にいたことは話しませんでした。

――それは、格好も悪いし、説明していじめられたら、また、この男に放されたらたいへんだなと思って。肉体的じゃなく、精神的にこの男に放されたらば行く道がないという気持ばかりでいたから。

毎晩のように、慰安所にいた頃の夢を見ました。銃剣を抜いて暴れまわる兵隊、銃弾の音、小田も何度も夢の中に出てきました。ずいぶんうなされていたようです。傍らで寝ていた金に起こされて目が覚めると、いつも汗をびっしょりかいていました。

金は、戦後間もない頃は飯場の仕事をしていましたが、その後、飴やどぶろくを作って売りに行ったり、山仕事をしたり、いろんな仕事をしました。宋さんも、金といっしょに山仕事をしたり、子守をしたり、魚を加工する加工屋《かこや》で働いたりしました。

宋さんの、日本での戦後はこんな風に始まったのです。

注1．この女性、タミさんの証言は拙著『皇軍慰安所の女たち』（筑摩書房／一九九三年刊）に収めた。

注2．**「タンゲン証明」**＝宋さんは、漢口の日本人租界にあった公的機関に婚姻を届けようとすると、正式には受け付けられず、日本についてから届けるようにと指示され、仮の証明書として交付された証明書をタンゲン証明と呼んでいる。どのような証明書であったかは未確認。

注3．小田は、一九五一年、宮城刑務所で死刑となった。その判決文によれば、小田が「朝鮮女」と漢口にいたのは一九四五年九月中旬から四六年四月初めごろまで。五月、「内地」に引き揚げ、つまり、博多に着き、七月に知り合った隣村の女性との結婚を急ぎ、婚礼の費用を小学校時代の友人に借りに行くが不在で、帰宅を待っている間、その妹を強姦・殺害し、金を探すがなかったため腕時計などを盗んで逃亡した。

# Ⅲ

# 南京《ナンキン》レイプ

## 日本軍慰安所制度の成り立ち

## ❇慰安所設置が急がれた理由

日本軍は、なぜ慰安所を設置するようになったのでしょうか。

一九三一年、中国東北の柳条湖《りゅうじょうこ》で日本軍が南満州鉄道を爆破し、これを中国軍の仕業だとしたことから一五年にわたる日中戦争が始まりました。軍慰安所は、翌三二年の第一次上海事変の頃から設置されています。

その数が急速に増加したのは南京を占領した直後からです。

一九三七年七月七日、日本軍は北京郊外で盧溝橋《ろこうきょう》事件を引き起こし、中国に数十万の兵を派遣しました。中国側も徹底抗戦し、戦域は急速に拡大し、全面戦争へと展開していきます。

八月、戦火はまず上海に波及、九〇日間の激しい攻防戦を経て、日本軍は当時の中国の首都南京へ向かって揚子江《ようすこう》沿いに進軍します。その途上、すさまじい残虐行為を繰り返しました。略奪、放火、殺戮、さらに、強姦事件も頻発しました。

一二月一三日、南京を占領した時、日本国内では、多くの国民が日の丸の旗を持ってちょうちん行列に繰り出し、祝賀気分で浮き立っていたのですが、国際社会では、「ナンキン・アトロシティーズ」(南京の残虐行為)として報道され、たいへんな顰蹙《ひんしゅく》をかっていました。

南京占領直前の一二月一一日、中支那《なかしな》方面軍は指揮下の上海派遣軍に対して、慰安所の設置を指示しました。最前線部隊が、城壁に囲まれた南京市内に突入する二日前です。一九日には、参謀が慰安所を設置するために動き出します。第一〇軍も中支那方面軍の指示を受け、慰安所設置にとりかかり、湖州では一八日には慰安所が開設されました。

日本軍の高級幹部は、南京攻略戦において、種々の残虐行為が起こったことを把握していました。特に強姦は、中国では悪徳行為の中でも最悪とみなされ、匪賊《ひぞく》や盗賊でも盗みや詐欺《さぎ》などは働いても、女性を犯すことはめったになかったといわれます。そのため、強姦事件の頻発は反日感情をよりいっそう強め、中国側の徹底抗戦の意思をかきたてました。また、占領した地域で日本軍が民心を把握する上でも大きな支障になると考えられ、反日感情を抑止するための強姦防止策として慰安所の設置を急いだのです。

また、日本軍は長い間、性病対策に頭を悩ませてきました。公娼制度が存在した当時、買春が当たり前のように行われ、国内でも軍人の性病罹患《りかん》率は高かったのですが、中国に派兵されると、罹患者は急増し、兵力減少の大きな要因になりました。陸海軍の入院患者の中で、ほかの戦傷病者に比べ、性病の罹患者が群を抜いて多かったのです。抗生物質が普及していなかったため、性病の治療には長い期間を必要としました。日本軍は、大規模な派兵を実行するにあたって軍慰安所を設置し、軍医による性病検査を徹底することで性病を予防しようとしたのです。三八年には中国への派兵は一〇〇万に達していました。

軍人に性的「慰安」を与えることで士気の高揚を図り、また、軍人が民間の買春施設に出入りすることによって軍の機密が漏れるのを防止するという目的もありました。軍人には、軍慰安所以外の買春施設への出入りを禁止し、軍人の性を統率してそれらの目的をはたそうとしたのです。

私が、南京レイプに注目するようになったのは、『中国の日本軍』（本多勝一著・創樹社／一九七二年）という本に掲載されていた数枚の写真を目にしたことがきっかけでした。「集団で輪姦された上、皆殺しにされた現場の写真」「強姦の後、腹を裂いて内臓をえぐり出した例」と説明をつけられた写真が衝撃的でした。が、それ以上に、「強姦記念に、自分自身も並んで記念撮影」という写真に、底知れない人間の恐ろしさを見る思いがしました。軍服軍帽の一人の兵士が、若い女性のズボンを膝までひき下ろし、その端を自分の手で持ち、女性には上着を腹のところまでまくりあげさせ、カメラに視線を向けているのです。南京攻略戦の凄まじい戦闘行為が、どれほど兵士の精神を荒廃させたか、この一枚の写真に凝縮されていました。この兵士も、南京に来る前は、略奪や放火や虐殺というような、平時なら重大な犯罪に手を染めることなく市井で暮らしていたでしょう。これらの写真の何枚かを、後に南京を訪ねた際、侵華日軍南京大屠殺遇難同胞紀念館（以下・南京虐殺紀念館）で目にすることになりました。

もう、あまりにも時間が経ちすぎている、と危惧しつつ、南京レイプの実態を知る人にじかに話を聞きたいと、南京を訪れたのは一九九九年九月と二〇〇一年五月でした。その実態を掘り起こすにはもっと多くの時間をかけなければならないのですが、多くの人々の協力を得て、その一端に触れることができました。

## ❇土中に隠れた少女が見聞きしたことは……

「男を見れば殺し、女を見れば強姦」

私が話を聞いた何人もの女性が、当時の恐怖をことばで言い表わしきれず、こう語りました。石秀英さんもそのひとりです。

秀英さんは、現在は南京市内に住んでいますが、当時は城壁の外の紅花郷に住んでいました。日本軍が最初に南京市内に突入した城門のひとつ、中華門のすぐ近くの村です。家は貧しく、姉が三人いましたが、幼いうちに三人とも栄養失調で亡くなり、家族は両親と兄と弟、五人でした。父は農家から買った落花生や、燃料用に干した葦を南京に売りに行き、秀英さんが生まれた頃は、貧しいながらも日々つつがなく暮らせるようになりました。母は纏足《てんそく》で足が小さく身体を動かす仕事はできなかったので、注文に応じて布靴を作っていました。

一九三七年、戦況が厳しくなると、男の子が命を落とすようなことがあってはならないと、両親は兄と弟を疎開させました。当時は中国でも、家督《かとく》を継ぐのは男子と考えられ、大切にされたのです。

その年の冬、日本軍は紅花郷に何度もやってきました。数え一六歳だった秀英さんは、日本軍が来たという知らせがあると、庭から少し離れたところに掘っておいた穴に近隣の少女たち五人と一緒に入りました。出入り口を草や木で覆った穴で、中では立つことも横になって寝ることもできず、ずーっと膝を曲げて坐っていました。

秀英さんら五人は、近所で起こったひとつの事件をきっかけに、そこから一歩も外に出られなくなりました。日本兵がはじめて紅花郷に来た日、ふたつ年下の少女が強姦されて殺されたのです。幼なじみでした。夜になって日本兵が近くにいないことを確かめて、秀英さんらは地表に上がり、遺体を見に行きました。秀英さんの母親や村人がいうには、三人の日本兵に強姦された後、動けなくなっていた少女の膣から腹に日本兵は剣をねじ込んだそうです。遺体は衣服をはぎとられていました。あまりにもむごたらしい幼なじみの姿に息をのみ、恐怖に追われるように五人の少女たちは土中に入ったのです

殺された少女とは河原でよく一緒に遊びました。竈《かまど》を作り、実際に火を焚いて、拾ってきた貝殻を鍋代わりにして家から持ち出した里芋を小さく切って焼き、みんなで食べた、そんな楽しい思い出があります。

わずか数え一四歳の少女が強姦され殺害された事件を目の当たりにして、母親たちは五人の少女に絶対に外に出てはいけないと厳しくいいつけました。外の様子をうかがおうと顔を出しているのが見つかると、頭を叩かれました。食事は母親たちが運んできました。用便は小さな便器を使い、時折様子を見に来た親族に捨ててもらったのです。眠る時も坐ったままの姿勢で寝ました。窮屈な姿勢に疲れると、膝を伸ばして足を休ませるのがせいぜいでした。

遠くからかすかに聞こえていた銃声が、次第に大きくなり近寄ってくると、自分たちの隠れ場所が見つけられるのではないかと怯えていました。

その後、近隣で立て続けに起こった事件を秀英さんは一気に語りました。

日本兵が二〇代の青年を四つんばいにさせて馬乗りになり、あたりを動き回らせ、手足の動きが鈍くなると、青年の足を蹴り、力尽きた青年が地面にひれ伏すと、その場で刺し殺した事件。日本兵が、まだ歩けない赤ん坊の腹を剣で刺し、人形を弄《もてあそ》ぶように振り回していた事件。大きな壕に避難していた四〇人くらいの大家族が外から銃撃され、ほぼ全員が殺害された事件。

そして、秀英さんと貝殻の鍋で里芋を焼いて食べたふたつ年下のもうひとりの友達も強姦されました。その子の家では穴を掘らずに、葦の中に隠れていました。村の人でも容易には分からないようなところに潜んでいたのですが、見つけ出され、三人の日本兵に強姦されました。そして、後ろ手に縛られ、裸で村の中を走り回されました。日本兵に小突かれ、恐怖と寒さに震えながら走る少女の姿を、何人かの老人たちが物陰から見ていました。日本兵は、村中引き回すと少女をそのまま放り出して、村を去りました。秀英さんは、

「殺されずにすんだからまだよかったんです」

と語りました。その少女は、数年後、結婚して他の村へ行ったので、それからは会ったことがありません。

近くに髪の毛がほとんどない女性がいました。五人の日本兵がその女性と一八歳の息子を捕らえると、二人の衣服を剥ぎ取り、息子に母親を犯せと命じて、全裸の母親の上に息子を乗せました。母親も息子も、武装した五人の日本兵に取り囲まれ、逃げることも抵抗することもできませんでした。息子は、あまりにも強い衝撃を受けたためのショック死だったでしょうか、日本兵が立ち去った後、身を隠していた老人たちが号泣する母親の側に行くと、死んでいました。

六件とも家の近くで起こった事件で、被害にあったのはみな秀英さんの顔見知りの人でした。

綿入れを着ていた季節に土の中の暗闇に入って、外に出てきたのはシャツ一枚で過ごせる旧暦の五月でした。それから約二か月の間は、わずかな光でも眩しくて目を開けられず、目をつぶったまま生活しました。

日本兵はトラックにも馬にも乗らず、銃声を轟かせ、歩いてやってきました。日本軍が通過すると、家も食料もすべて焼き払われ何も残っていない、そんな村がいくつもありました。

最初に来た日本兵はみな髭面で顔は汚れて真っ黒で、殺気立ち、恐ろしい形相をしていました。戦闘状態が収まってから来た日本兵は髭を剃り、白い顔をしていました。食べ物を与えようとする兵隊がいましたが、腹を空かせていた子どもでも日本兵を怖れ、決して受け取ろうとしませんでした。頑《かたく》なな子どもの掌にむりやりキャラメルなどを握らせたりする日本兵もいました。

戦闘状態が収まってからは、紅花郷では日本兵による残虐な事件は起こらなかったと思うと、秀英さんは語りました。

### ❇八歳で被害、わが子をかばおうとした両親は死亡

数え八歳で被害を受けた楊明貞さんの証言は、一九九九年一二月、東京で行われた集会で一度聞いていました。初めての来日で、幕の裏からの証言でした。姿は見えませんでしたが、音響装置で拡声され会場に響き渡った証言に衝撃を受けたのは私だけではなかったでしょう。私の南京への旅の目的のひとつは再度、明貞さんの証言を聞くことでした。南京虐殺紀念館の協力でそれが実現されました。

明貞さんは大柄な方です。東京で一度、証言を聞いたことを伝えると、あの時は、自分は顔を隠す必要はなかったけれど、もう一人の証言者が恥ずかしがったので、といい、発表に際して本名を使っても差し支えないと加えました。

日本軍は、一九三七年八月一五日から南京爆撃を開始しましたが、明貞さんの両親は、東文思巷にあった家が空襲で焼かれたため、夫子廟《ふうしびょう》に近い建康路に小屋を建てました。日本軍が最初に侵入した城門のひとつ中華門の近くです。父は五五歳、母は五三歳、互いに再婚同士で、年をとってから生まれた子だったので明貞さんは両親にとても可愛がられて育ちました。経済的に余裕のある人は周辺の村や町に疎開しましたが、両親は、年寄りと子どもに危害が及ぶはずはないといって、南京にとどまりました。

日本軍が城内に突入してきた、その日、朝、ご飯を食べようとすると、日本兵がやって来ました。母は、どうぞお座りくださいとあいさつしましたが、日本兵は乱暴に母を押し倒し、そのまま出て行きました。それからしばらくして、また、日本兵が来ました。今度は、地面に文字を書いて、たばことマッチを要求しました。父がそれを渡すと、日本兵は立ち去りました。三度目にやって来た日本兵は、明貞さんの家と同じように路上の掘立小屋に住んでいた隣の五、六〇歳の男性に突然銃を発し、殺害しました。なぜその男性が殺されたのか、理由はまったく分かりませんでした。その場にいたおばあさんもお腹を撃たれ、父もその時、腕を撃たれ、血まみれになりました。

午後やって来た日本兵は、布団と、壁にかけておいた塩漬けの肉と魚を盗んで行きました。

翌日の午後、小屋の中は寒いので明貞さんが路上のひなたに出ていると、二人の日本兵が通りかかりました。髭面のひとりが突然側に来て、明貞さんのズボンをひきおろし、膣に指を差し込みました。あまりにも唐突なできごとで、自分に何が起こったのか、すぐには理解できませんでした。

「この子はまだ子どもです。やめてください」

母が叫びました。日本兵から子どもを取り返そうとした父は、顔を殴られ、銃剣で首を三カ所切られました。

数日後、また、二人の日本兵が小屋に押し入って来ました。日本兵は瀕死の状態で寝ている父の口を刀でこじ開けたり、目を押し開いたりして、死んでいるかどうか確かめようとしました。そして、ひとりが、日本兵に狙われないよう煤《すす》で顔を黒くした母を「汚い」とでもいうように罵《ののし》りつつ犯し、母の下腹を銃で痛めつけました。もうひとりが明貞さんに手をかけた時、悲痛な声をあげた母は顔を銃剣でめった刺しにされました。日本兵は、身体は大きかったけれど、わずか八歳だった明貞さんをも犯したのです。日本兵が去った後、しばらくして気づくと、頭と下腹からたくさんの血が流れ出ていました。

それから何日かして、父は息をひきとりました。その後、母も亡くなりました。

南京安全区（注1）に避難していた父の弟の童養媳《トンヤンシー》（口べらしのため他家の小間使いとなり、将来、その家の息子と婚姻する少女）が、若い男性は日本軍に連行されて殺されているという話を耳にして、安全区を出て夫を探しに来ました。両親を失った明貞さんは、叔母にあたる一六歳のその少女を頼りにし、二人で一緒に暮らそうと話していました。その矢先、その少女は日本兵に輪姦され、明貞さんの目の前で殺されたのです。

明貞さんは強姦された時負った傷が痛くて歩けず這っていました。排尿のコントロールもできず、冬の寒空の下、空腹を抱え、物乞いをして、一人で生きていかなければなりませんでした。靴がなくて足を赤く腫らし、夜は小屋の藁のなかにもぐって寝ました。幼い物乞いを人々は憐み、衣類などをくれる人もいました。

一九三八年三月二八日、南京に中華民国維新政府が成立しました。日本の傀儡《かいらい》政府です。日本軍の占領下、焼け跡の南京がそれなりの秩序を取り戻していくなかで、明貞さんは人々の恩恵にすがって生き延びました。そして、次第に朝は揚げ餅や焼いた餅を売り、夕方はお茶を売るようになりました。

一五も年上の人の童養媳《トンヤンシー》になったのは、数え一二歳の時です。ある人が明貞さんに同情して、貧しくて結婚できずにいた竹細工師を引き合わせたのです。

明貞さんは、食べるばかりで一人前の仕事ができないと、夫にも、夫の姉にも邪魔物扱いされました。夫の姉の子は明貞さんより年上で、その子たちからもいじめられました。明貞さんは、両親がなく、何の後ろ盾もないからそんな扱いをされるのだと感じました。

「父親のことを思うと泣いて泣いて、六〇年余の時間を泣き暮らしました」

大きな身体を丸め、幼子のように泣きじゃくりながら嗄《しわが》れ声で語りました。父親は明貞さんを日本兵から守ろうとして殺されました。六十数年間、自分のために父親は殺されたのだと反芻《はんすう》し続けてきたのです。

明貞さんの話は、南京虐殺紀念館の一室で聞きました。明貞さんは、その後の人生を変えてしまった日の記憶の中を浮遊するような、おぼつかない足取りで帰って行きました。

注1．「南京安全区」＝日本軍の南京占領後、南京にとどまった米国人宣教師など外国人によって設定された難民区。南京安全区国際委員会が組織され、日本軍との間で、安全区内では戦闘行為は行わない旨の約束をとりかわしたが、日本軍は敗残兵狩りを名目に多数の青壮年男子を連行、虐殺した。また、他の地域に比べれば安全だったとはいえ、女性と子どもの難民収容施設となった金陵女子文理学院の責任者ミニー・ヴォートリンの日記『南京事件の日々』（大月書店）には連日のように強姦目的で構内に侵入してくる日本兵を追い払うために多くの時間を割かなければならなかったことが記録されている。

# Ⅳ　中国・山西《さんせい》省の大娘《ダーニャン》の証言

## ❇日本軍の小部隊が君臨した村

山西《さんせい》省盂《う》県の村々を訪ねたのは一九九八年夏、「中国における日本軍の性暴力の実態を明らかにし、賠償請求裁判を支援する会」（略称＝山西省・明らかにする会）に同行しての旅でした。

北京から太原まで夜行列車でひと晩かかります。混雑した北京駅を確か七時頃発ち、夜明けに寝不足で茫洋とした目をこすりながら窓のカーテンを開けると、まだ蒼い帳《とばり》が薄く残るあたり一面にひまわり畑が広がっていました。思わず息をのみました。数え切れないひまわりです。が、ひまわり畑に見ほれていると、突然、うそのように目の前の光景が変わりました。大地がいたるところクレバスのように割れているのです。そしてまた、ひまわり畑が窓外に戻ってきました。見渡す限り広がっているかに見えたひまわり畑は、雨や河が黄土を垂直に深く浸食した断崖の上の台地を覆っていたのです。美しいひまわり畑は、米や麦が収穫できない痩せた土壌を象徴する光景なのでした。

たびたびこの地を訪れている山西省・明らかにする会のメンバーによれば、草木の緑が見られるのは夏の一時期だけ、あとは黄土がむきだしになり、台地を侵食河谷が切り刻む凄まじい風景に変わるそうです。

早朝、私たちは太原に着きました。

太原から盂県の河東村まで車で三時間近くかかったでしょうか。車窓のトウモロコシ畑の向こうに、たいして高くはない、頂が平らになっている小山が見えると、

「あれが羊馬山だよ」

と、すでにこの地に何度も足を運んでいた明らかにする会の人の声がしました。当時、村の人が饅頭山《マントウシャン》とか少女山《シャオニュイシャン》と呼んでいた山の頂に、日本軍は砲台を築いて駐屯していたのです。羊馬山は、日本軍がつけた名前です。

河東村に着くと、その山に向かう道の入り口で、麦藁帽子をかぶり、ニコニコと私たちを出迎えてくれた老人がいました。楊宝貴さんです。楊さんは、一四歳の時、羊馬山に駐屯した日本軍の炊事係として一年ほど働いた経験がありました。楊さんの案内で私たちはその日、羊馬山に登る予定だったのです。車が通れるところまで車で行って、時間と体力を節約しました。楊さんによれば、村から山に向かうその道は、日本軍が周辺の村の人々に造らせた道だそうです。

トウモロコシ畑とひまわり畑の中の道をしばらく走り、車は広い原っぱで止まりました。車を降りると、目の前に羊馬山、眼下にひまわり畑が広がっていました。樹木らしい樹木はほとんど見当たらない、せいぜい小灌木《かんぼく》が生えている程度の緩やかな斜面を、それでも、息をぜいぜいさせながら小一時間ほど上ると、先に行った数人がやや平らになった広場に集まっていました。広

場の左手にかつて窰洞《ヤオトン》があったそうです。現在は崩落し、跡形もなく草で覆われていましたが、その窰洞で、周辺の村々から連れて来られた女性たちが羊馬山上の日本兵に強姦されたのです。

その広場から少し上がったところに、楊さんが働いていたという炊事場跡があり、瀬戸物の破片など、その痕跡がわずかに残っていました。そしてまた、数分登ると、山の頂に辿りつきました。体をぐるりと一回転させると、三六〇度視界が開けています。周辺の村々が一望の下に見渡せます。黄土を深く浸蝕した谷と台地の連なりがどこまでも続いていました。先ほど通った後河東村は、暗緑色の森に囲まれて一番手前に見えました。

頂上は平らになっていて、いびつな楕円形、長い方が三〇メートル、短い方が七メートルくらいの広さでしょうか。日本軍はこのいびつな楕円形の周囲を一メートル数十センチほどの高さの塁壁《るいへき》で囲み、その中に兵舎と隊長宿舎を建て、兵舎の上に迫撃砲を据えました。この迫撃砲は大砲台と呼ばれ、それとは別に塁壁の三か所に小砲台を造ったそうです（一〇四ページの図参照）。

河東村に最初に日本軍がやってきたのは、一九三九年秋です。西煙鎮から来た兵隊が略奪し、家を焼き、三人の女性を強姦しましたが、すぐに引き返していきました。

一九四〇年八月、華北では百団《ひゃくだん》大戦と呼ばれた八路軍（注1）の総攻撃で日本軍は大きな打撃を受けました。八路軍は、一〇五個団と民兵組織、四〇万にのぼる兵力を総結集したのです。鉄道や橋、通信施設などが爆破され、鉱山、特にこの周辺では最大規模の井陘《せいけい》炭鉱の設備が破壊され、そして、何より軍の威信を傷つけられました。その報復戦として、共産軍を徹底的に潰滅《かいめつ》させようと企図されたのが晋中《しんちゅう》作戦です。その時、第一軍の参謀長田中隆吉はこんな指示を出しています。

《作戦実施に方《あた》りては、執拗に敵を追撃すると共に、迅速に其の退路を遮断して、敵を随所に捕《ほ》捉撃滅《そくぼくめつ》することに努め、目標線進出後反転して行う作戦に於《お》ては、徹底的に敵根拠地を燼滅掃蕩《じんめつそうとう》し、敵をして将来生存する能《あた》わざるに至らしむ。》（注2）

燼滅《じんめつ》は燃えかすも残らないほど跡形もなくなるまで滅ぼすことです。敵が将来生存できないように掃蕩しようというのがこの作戦の目的でした。たとえば、無人区の設定をしました。抗日勢力への物資その他の運搬を遮断するため、指定した地域の住民をすべて短期間に強制移住させたのです。盂県でも、東側に峰を連ねる太行山脈に沿った一帯に抗日勢力の根拠地があったので、隣接していた多くの村々が無人区にされました。このような奪いつくし、焼きつくし、殺しつくす「燼滅掃蕩」戦は、中国では三光（槍光、焼光、殺光）と呼ばれました。

百団大戦の最中の九月八日、西煙鎮の北方にあった日本軍の拠点は八路軍に急襲され、撤収を余儀なくされ、以後約一年間、西煙鎮一帯の支配権を失います。

一九四〇年冬、日本軍は河東村に再度出現しました。大部隊で東郭湫周辺の村から農民を大勢

て東京地裁に提訴した。訴状を手に東京地裁に向かう左から故南二僕さんの養女楊秀蓮

▲1998年10月、中国山西省盂県の日本軍性暴力被害者10人が日本国に謝罪と損害賠償を求
さん、万愛花さん、趙潤梅さんと支援者。

徴発して連行してきました。河東村の人々は、日本軍来襲を知って逃げ去り、村には逃げることのできなかった老人くらいしか残っていませんでした。日本軍は勝手に村の民家を宿舎として使用し、一部は羊馬山の山頂にテントを張って宿営しました。そして、連行してきた農民を使役して砲台を構築しました。村の中にも警備隊の砲台を造りました。警備隊は中国兵から成る日本の傀儡《かいらい》軍です。

砲台が完成すると、一部の兵を残し、部隊は移動しました。日本軍は中国に膨大な兵力を投入しましたが、武漢攻略戦以降、大規模な作戦を展開する余力はなく、長期持久戦体制に入っていました。広大な中国で占領地域を維持するため少人数の分遣隊を各地に配置しました。この方法は高度分散配置と呼ばれましたが、河東砲台に駐屯した兵は多い時で数十人、少ない時には十数人にすぎません。第一軍独立混成第四旅団独立歩兵第一四大隊の一部の分遣隊です。

しかし、この多いときでも数十人の分遣隊が武力を背景に、絶対的な権力者として君臨し、周辺の村々を牛耳りました。労働力、水、食料などを村々に割り当てて供出させ、八路軍の情報も提供させたのです。

当時の盂県における日本軍と抗日根拠地を示す図を見ると、東側の太行山脈に沿った晋察冀辺《しんさつきへん》区《く》と呼ばれた一帯と羊泉村、宋庄、李庄、高庄、尭上に近い西北部は抗日根拠地でした。日本軍は、こうした抗日根拠地を未治安地区、抗日勢力と日本軍の支配が混然としている地域を准治安

## 1942年９月における盂《う》県の状況

盂県における日本軍の治安地区と未治安地区。抗日勢力と対峙し、孤立していたことがわかる。『黄土の村の性暴力』（創土社）より。

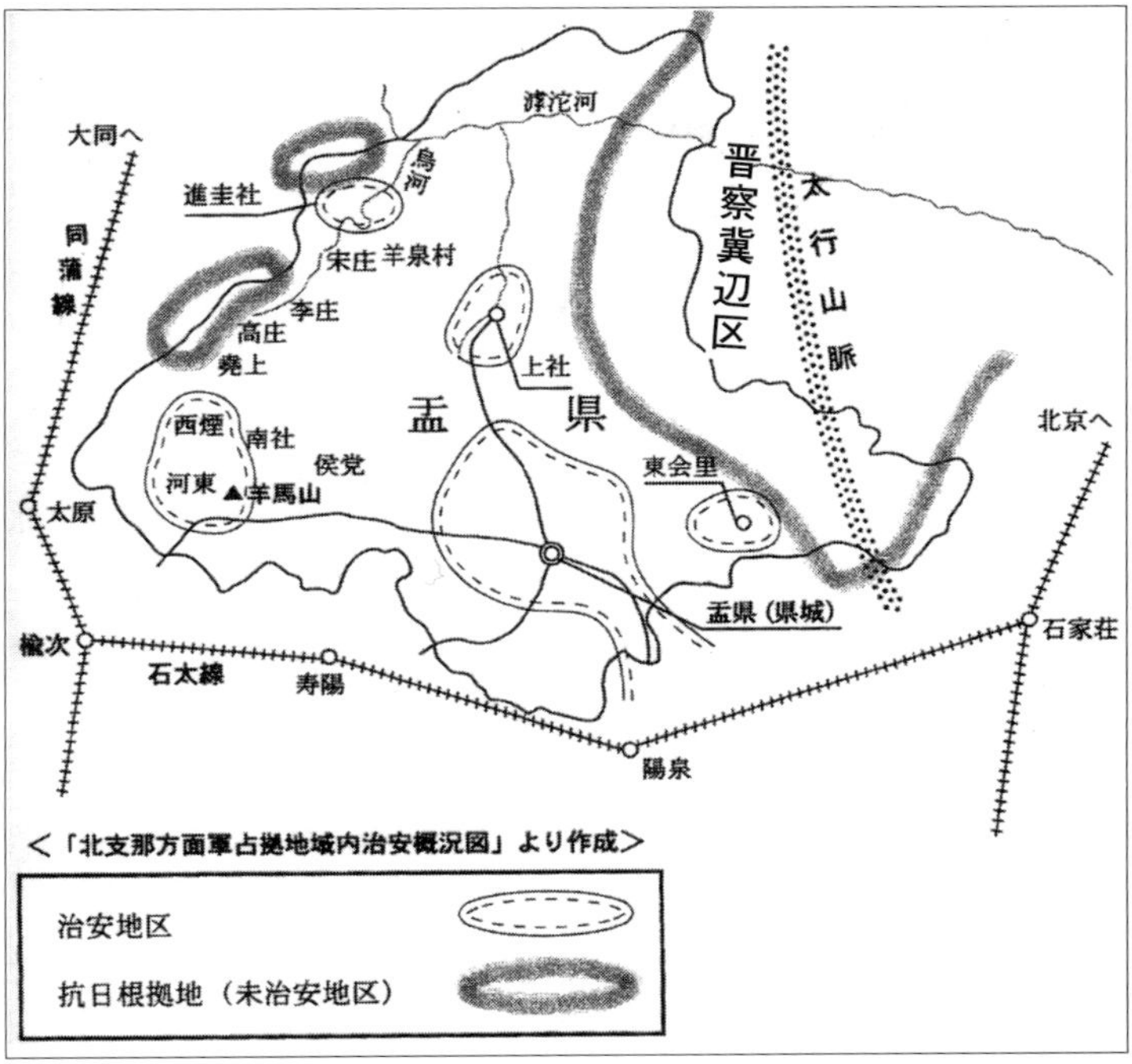


地区、日本軍の占領地を治安地区として三つに区分しました。抗日勢力側からみれば、解放区、遊撃区、敵占領地区となります。盂県西部では、進圭社周辺と西煙鎮、河東村周辺だけが治安地区です。日本軍が抗日勢力と対峙し、遊撃区の中で孤立していた状況が手に取るように分かります。

山西省・明らかにする会が作成したパンフレット『今こそ、この思いを！』に、こんな一文があります。

《それぞれの村がそれぞれに置かれた状況の中で、村を守り生活を守るために様々な選択を迫られます。ある村は八路軍と共に戦うことを選び、「抗日の村」として激しい「粛正・討伐」に立ち向かっていきます。またある村は「表の村長」と「裏の村長」とを作り、日本軍の暴行を何とか避けつつ抗日勢力とつながりつづけます。ある村は維持会（商務会と呼ぶ場合もある）と言う日本軍に対する協力組織を作って厳しい要求に耐えつつ村を守ろうとします。それぞれのあり方は単純な分類を許さぬほど千差万別で、そのことこそがあらゆる状況に対応して生き抜こうとする村々の必死の努力を物語っています。》

河東村は、いうまでもなく日本軍がいうところの治安地区でした。

## ❇産後の楊さんを襲った二人の日本兵

羊馬山に登る前の三日間、私たちは太原のホテルで、盂県西部の村々で日本軍の性暴力を受けた女性たちの証言を手分けして聞きました。

大娘《ダーニャン》（おばあさん）たちの住んでいる村までは太原から車で数時間かかります。そんなに遠いところからわざわざ来ていただいたのは、大娘たちの村には、外国人である私たちの宿泊が許可されている宿がなかったからです。太原から大娘たちの村に通うという方法もなくはなかったのですが、大勢で押しかければ迷惑にもなり、静かに証言を聞くこともできなくなります。そこで、大娘たちに太原の招待所（中国人の宿泊施設）に数日泊まってもらい、じっくり話を聞こうということになったのです。戦時に日本軍から受けた被害を東京地裁に訴え出る最終的な意思確認という大事な作業もありました。

ダーニャンたちはみな家族の方と一緒に来ていました。高齢な上、纏足《てんそく》の小さな足ではとてもひとりで行動できないに違いありません。きっとひとりで村以外の地域に出向く機会は少なかったのでしょう。

楊喜何《ヤンシーホー》さんは、三女の李愛芳《リーアイファン》さんと一緒に来ました。

実は、その前日、李さんは母親の太原行きをとめようとしたそうです。家族の中でも楊さんの被害を知っているのは李さんだけでした。李さんは、家族の者にさえ話さなかった秘密を明らかにすれば、今後、村では母親も家族も恥ずかしくて生活できなくなることを恐れたのでした。被害を訴え出ようとする母親楊さんと娘李さんの間では、まだ、決着がついていませんでした。

一日目には、高齢の楊さんをかばうように李さんが質問に答えました。家に押し入った日本兵二人に二回強姦された、と。私は、やや怪訝《けげん》に思いつつ、その言葉通り受け止めました。怪訝に思ったのは、それまで私たちに証言をした被害者はそれぞれに短時間では語りつくせないような凄まじい経験をしていたからです。

が、二日目、李さんは、母親の強い意思に動かされていました。楊さんの証言の内容は変わっていました。二人の日本兵に強姦されたのは、二回だけではなかったのです。楊さんは、娘の前

## 河東拠点見取り図

羊馬山上に築かれた日本軍の砲台と窰洞、村の中の警備隊の位置。楊さんの実家は警備隊の砲台の道を挟んだ向かい。『黄土の村の性暴力』（創土社）より。

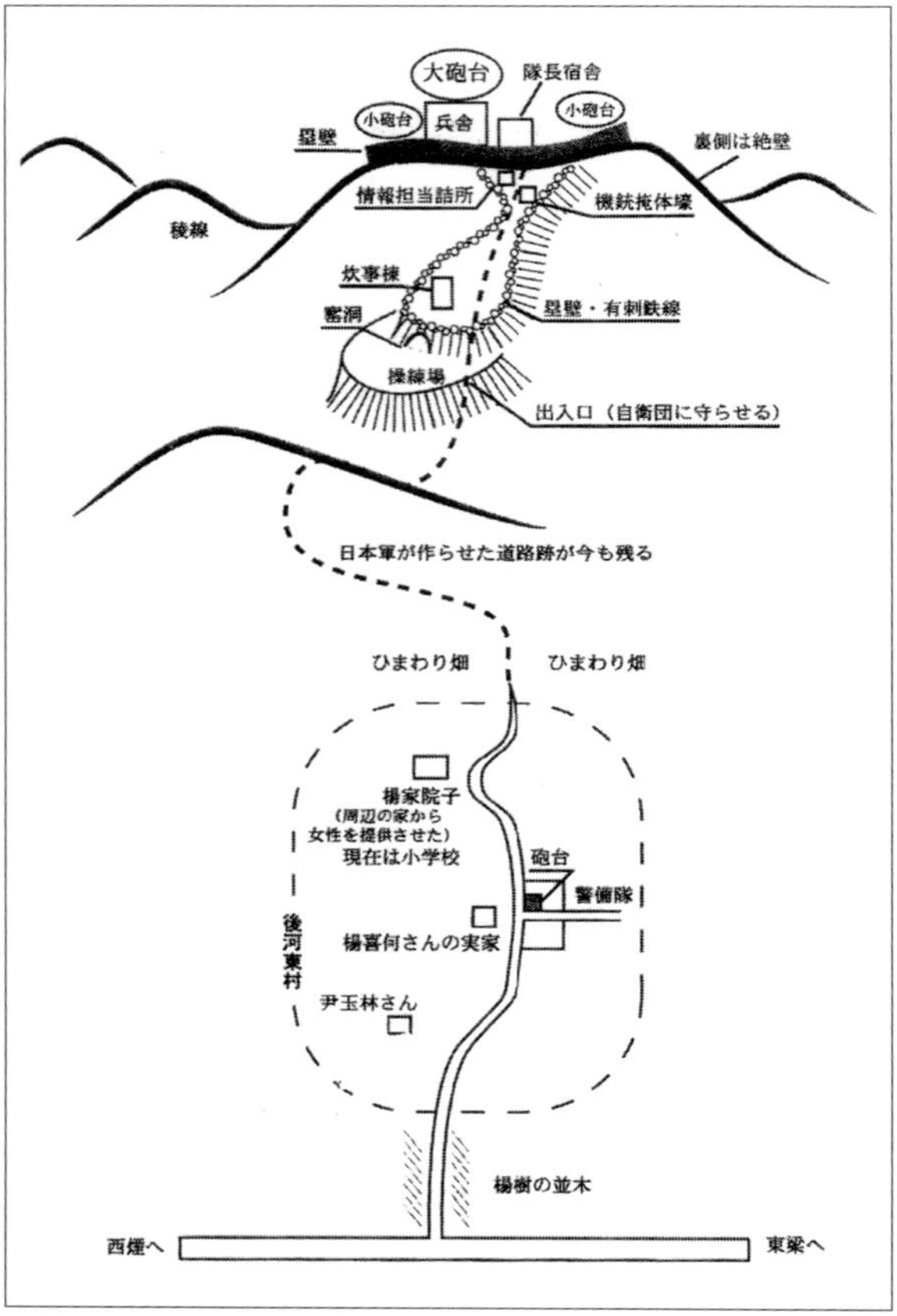


で何度も強姦された事実を語るのは恥ずかしかったので、二回にしておいたのでした。山西省に限らず、どこの地域の被害者も、日本軍の性暴力を受けたことをあたかも自分や家族の恥であるかのように思い込んでいました。被害者に向けられる周囲の視線が、被害者の恥の意識をより強めてきたのです。

楊さんの実家は、警備隊の砲台の道を挟んだ向かいにありました（上の図参照）。羊馬山山上の兵舎にいた兵隊も、警備隊の砲台に用事があってくれば、すぐ目につく位置です。楊さんは、数え一七歳の時、西煙鎮の農民と結婚しました。一九四二年の旧暦一〇月七日に長女が生まれ、生後四〇日目に婚家に迎えに来た父親とロバが牽《ひ》く荷車に乗り、赤ん坊を抱いて河東村の実家に帰りました。当時は、婚家で出産し、二〇日目に迎えに来る母親といっしょに帰り、一〇〇日間実家で過ごすのが慣わしでした。母親が病弱だったので父親が迎えに来たのです。また、新年は婚家で迎えるという習慣もあったので、一〇〇日は実家にとどまらず、年内に婚家に戻るつもりでいました。

そんな年の暮れの午後のことです。楊さんは赤ん坊の服を縫っていました。すると、突然、二人の日本兵が母屋に押し入って来ました。一二、三歳と六、七歳だった弟二人は驚いて、家の外に飛び出して行きました。母親は咄嗟に赤ん坊を抱きかかえました。日本兵は楊さんを捕まえ、連れ出そうとしました。父親は娘を日本兵から引き離そうとして鍬で叩かれ、母親も背や腰を打たれ大怪我をしました。日本兵は老父母の足腰が立たないように打ちのめしておいて、楊さんを別棟に引きずり込み、かわるがわる強姦したのです。実家は、門を入ると、南向きの母屋があり、中庭を挟んで東側と西側にそれぞれ別棟がありました。ひとりの兵隊が強姦する間、もうひとりの兵隊はずっと門前で見張りに立っていました。

日本軍がはじめて河東村に来た時、日本兵は庭で勝手に鶏をつかまえ、木戸を壊して燃やし、焼いて食べた上、食料も盗んで行きました。その時も父親は日本兵にひどく殴られました。西煙鎮にいた楊さんはそのことを知りませんでしたが、再度、日本兵に襲われて、そんな話題が出たのです。

大晦日が迫り、楊さんは西煙鎮に戻りました。

婚家で正月を迎えたものの、もともと病気がちだった上、怪我をした母親のことが心配でなりませんでした。弟ふたりの食事作りや家の中のこまごまとした雑用はどうしているのだろう、そう思うといても立ってもいられなくなり、旧正月が明けてまもなく実家に行きました。

母親は寝こんでいました。日本兵の暴行で受けた傷が治らず、さらに、新たに問題が起こり、ふさぎこんでいました。ふたりの日本兵は、その後もやってきて、楊さんの姿が見えないと両親に娘を出せと脅していたのです。二人の日本兵から逃れる方法は、村を出て行く以外なかったでしょう。農民である両親が、土地を離れて暮らしをたてることなどできません。娘を犯した、そして、これからも犯すかもしれない二人の日本兵のことが頭から離れず、母親は精神的に追い詰められていました。楊さんが弟たちの衣服の繕いや洗濯をしていると、母親は早く婚家に戻るようにと急《せ》かしました。日本兵はまた来るに違いないと、そのことばかり心配していました。

母親が恐れていた通り、日本兵はやってきて、楊さんは再び強姦されました。前に来た日本兵と同じ二人です。味をしめた日本兵は、二、三日おきにくるようになりました。母親は、

「早くあんたが送って行ってあげないから、こんな目にあうんだ」

と、父親を責めました。二〇日間くらい実家にいて婚家に戻りました。肉親を想うが故の不安を、今度は楊さんが抱きました。自分がいないと両親が日本兵に暴力を振るわれる、そう思うと、気が気ではありませんでした。それでまた、実家に帰り、両親に急かされて婚家に戻るということを繰り返すようになったのです。実家に帰れば日本兵に強姦されることは分かっていても、楊さんは、両親が日本兵に暴力を振るわれることには耐えられなかったのです。

### ❇義父を殺され、婚家も焼き払われて

日本軍が一九四三年秋、河東砲台から撤退するまで一年近く、そんな生活が続きました。最初、強姦された時から、ずっと、腰が痛んでいました。出産後、まだ充分身体が回復しないうちに暴力的に強姦された、その影響だと楊さんは感じました。

夫は、母親が病弱なことは知っていましたが、あまりにもたびたび実家に帰ったので、問い詰められたことがありました。楊さんは、実家で起こっていたことを夫には話せませんでした。

河東砲台を撤退した日本軍は西煙鎮に来ました。小雨の降る旧歴の二月か三月でした。山に逃げていた舅は日本兵に撃たれて亡くなりました。村の様子を窺おうと、山から出て、日本兵に見つかり、撃たれたのです。楊さんは、舅とは別に、姑や夫、夫の妹たちと一緒に逃げていて、村の人に舅の死亡を知らされました。一三歳くらいだった夫の妹は、それを聞いて気を失ってしま

◀病気をおして太原まで被害を訴えに来た楊喜何さん。提訴して約一か月後に逝去。

いました。そして、村へ帰ると、婚家は焼き払われていました。南向きの母屋に広い三部屋、東西の棟にもそれぞれ部屋のある大きな家でした。貯蔵しておいた作物も農作業に必要な道具も生活用品もすべて焼けました。

一切合財失って、無一物になり、他人の家に間借りし、食料も農具もすべて近所の人に借りて生活しました。日本軍に大きな憎しみを抱いた夫に、実家で日本兵から受けた屈辱を打ち明けることはなおいっそうできなくなりました。夫は誰かに聞いてそのことは知っていたようですが、楊さんにはなにもいいませんでした。

話し終えた時、楊さんは私におなかを触るようにと手振りで示しました。おそるおそる指し示された胃の脇のあたりを触ると、硬いしこりに触れました。太原に来ることを三女の李さんが反対したもうひとつの理由は、楊さんの身体を気遣ってのことでした。

山西省・明らかにする会では、聞き取り作業を終えた翌日、ダーニャンたちの村まで貸し切りバスで送っていきました。楊さんは、そのバスに乗った時から目もうつろで、座席に座っているのも辛そうでした。車内の座席は満席でしたが、席を空けて楊さんには横になってもらいました。

楊さんは、他には誰にも明かせなかった被害の事実を知っている三女の反対を押し切り、病気を押して三、四時間もかかる太原まで来たのです。楊さんはいいました。

「自分のことだから話さないと気がすまない。本当にひどかったんだ。年をとってしまって何もいわないでいれば、何もなかったことになる。それは事実ではない。だから、裁判したいんだ」

半世紀以上もの長い年月、自分の胸に押し込めてきた悔しさ、憤り、悲しみ、言葉では表すことのできない深い思いを吐き出さずにはいられなかったのです。無理を承知で決死の覚悟で証言をしに来たにちがいありません。

ダーニャンたちをそれぞれの村へ送り届けると、そのまま貸し切りバスは、盂県県城の病院へ向かいました。手に触れた楊さんの硬いしこりは胆石だと診断されましたが、後にがんだとわかりました。

その年の一一月、楊さんは亡くなりました。提訴して、まだ一か月にもなりませんでした。娘の李さんが楊さんの訴えを引き継ぎ、原告になりました。

## ✻強姦されたことを夫も姑も知っているのが辛かった

高銀娥《ガオインオー》さんは、あいさつすると、満面の笑顔で応えてくれました。これから語られるのは、本人にとっては悲しい記憶に違いないはずなのに、長い間会わなかった娘か孫にでも久しぶりに会ったかのように終始にこにこしているのでした。きっと、いつも笑顔をたやさないで生活しているのでしょう。

▲南社惨案（住民虐殺）の時、捕らえられ、河東村に連行され被害を受けた高銀娥さん。

高さんは、一九四一年旧暦四月四日に起こった南社惨案《さんあん》の際捕らえられ、河東村に連行されて被害を受けました。「惨案」は住民虐殺事件のことです。

一九四〇年夏の八路軍による百団大戦の前から南社村には西煙鎮の拠点や盂県に駐屯していた日本軍が何度もやってきて、食料や女性の提供などさまざまな要求をしていました。百団大戦の後、さらに日本軍が南社に来る回数が多くなり、要求も過酷になりました。

一九四一年春、河東村に拠点を構築した日本軍も、食料その他の物資を周辺の村に要求するようになります。要求を受け入れた村もありましたが、南社では受け入れなかったため襲撃されたのです。それが南社惨案でした。

盂《う》県南社郷麻地掌で生まれ育った高さんは、

数え一五歳で結婚し、南社郷南社村で暮らしていました。村では、小高い丘の上に毎日交代で見張りを立て、日本軍が来ると、偽の木を倒して村の人たちに知らせました。偽の木というのは消息樹とも呼ばれ、この周辺では村から見える山の上などに立てておき、見張りの者が日本軍の来襲を知らせる手段として使われました。高さんは、いつでも逃げ出せる準備を整えていました。一度は山に逃げ、何日も避難していたことがあります。食料がなくなると、夜、家に帰って調理し、山に持って行きました。昼間は危険なので、山から出られません。その時はなにごともなく、村に帰れました。

日本軍と警備隊の兵隊四、五〇人が南社にやってきたのは昼頃でした。高さんは、朝から家で縫い物をしていました。畑に出ていた夫が日本軍が来たと知らせに来ました。窓から村の人たちが逃げて行くのが見えました。夫も先に逃げました。男性は日本軍に捕らえられると、殺されると噂されていたからです。高さんも逃げようとすると、姑から布や綿入れを隠しておくようにといわれました。銃声が聞こえてきました。農作物などを貯蔵するために掘ってある穴に布と綿入れを隠して家から出ると、すぐに日本軍に捕まってしまいました。

高さんは、当時のこの辺の女性としては珍しく、纏足《てんそく》をしていませんでした。銃の先で背中を突かれながら、促されるままに行くと、捕まった村の人たちが牛車に乗せられているのが見えました。姑もその中にいました。姑は高さんより先に逃げ出したのに、纏足だったので速く走れず、日本軍に捕まってしまったのです。牛車には纏足で歩けない老いた女性と子どもばかり一〇人くらいが乗せられ、周囲を日本兵と警備隊が囲み、動き出しました。村では三〇人くらいの人が殺されたという話が耳に入ってきました。自分たちも殺されるのだと思い、生きた心地もしませんでした。恐ろしくて日本兵を見ることなどできず、じっとうつむいて押し黙っていました。

河東村に着いた時には、もうあたりは真っ暗でした。いっしょに牛車に乗せられてきた女性と子どもは板敷きの部屋に入れられました。その夜、若かった高さんだけが部屋から連れ出され、窰洞《ヤオトン》のようなところで四、五人の日本兵に強姦されました。朝になると、姑や村の人たちがいる部屋にもどされたのですが、夜になるとまた、高さんは連れ出され、もっと多くの兵隊に強姦されたのです。窰洞は背も立たない高さで、一坪程度、布団も何もない土の上で一晩中犯され続けました。春とはいえ、夜、土は冷たく感じました。日本兵に抵抗することなどできませんでした。恐ろしくて、なされるままに身を任せるより他なかったのです。窰洞の出入り口には筵《むしろ》のようなものが垂れ下がっていただけです。けれど、逃げようなどとは思いも及びませんでした。そこには警備隊の砲台があり、いつも見張りがいました。もし、逃げようとして見つかれば命はないものと思っていました。

他の人たちは、家族が土地などを売って日本軍に金を渡し、解放され、村に帰っていきました。土地を売った二〇〇銀元を持って夫が迎えに来たのは、一五日後くらいだったでしょうか。その金を日本軍に渡すと、ようやく姑と高さんも解放されました。

家に帰ってから始終下腹が痛み、生理不順と生理痛に悩まされるようになりました。身代金を無理をして捻出し、蓄えはなくなり、治療を受けることはできませんでした。だいぶ後になって二回ほど医者に診てもらいましたが、薬代はなく、子どもが産めない状態になってしまいました。

夫は当初、どうして早く逃げなかったかと高さんを責めました。そのうち夫はそのことに触れなくなりました。が、夫にも姑にも村の人にも、自分が日本軍にされたことを知られている、それは高さんにとっては辛いことでした。

結局、四、五年後、気持ちが通わなくなり、離婚することになりました。その後、再婚した夫とも子どもができなかったため三年で別れ、三人目の夫とは貧しい生活でしたが、姪を養女にして育てあげました。

## ❇夫は銃殺、拷問を受けた体に性の暴力

王改荷《ワンガイホー》さんは、末っ子の高桃愛さんといっしょに来ました。

前述した通り、被害者の証言は分担して聞いたのですが、私は王改荷さんの担当ではありませんでした。楊喜何さんが証言することに李愛芳さんがまだ納得できなかったようなので席をはずし、関心を抱いていた王さんの部屋に行ってみたのです。担当の石田米子さん（岡山大学教授・当

時）が、中国近代史が専門の学者らしく当時の盂県で起きたことがらと照らし合わせ、王さんが被害を受けた年月を明らかにしようとさまざまな角度から質問を繰り返していました。王さんは、年代については記憶が曖昧《あいまい》になっていました。その上、通訳が質問を的確に王さんに伝えていなかったようで、石田さんは目的の答えを引き出すことに苦戦していました。

被害者は、被害を受けた場所や年月といった客観的な背景を必ずしも記憶していません。しかし、被害そのもののいくつかの断面は鮮明に記憶しています。王さんはその時、石田さんの問いからはずれた、けれど、鮮烈な断片を語りました。

窰洞《ヤオトン》で何度も強姦されたため腫れあがった膣を、三人の兵隊が王さんの両足を押し開き、明かりで照らして覗き込み、面白がって笑った、と。

王さんは、抗日婦女救国会の主任で共産党にも入党し、八路軍のために布靴を作ったり、交代で山の上で見張りをし、日本軍が来たら消息樹を倒して村人に知らせたりしていました。

侯党村、小掌、南貝子などをまとめる抗日村長になった夫が日本軍に殺害されたのは、一九四二年頃の春です。

夫が見せしめのため大勢の人の前でひどい制裁を受けて銃殺された後、王さんもその場で共産党幹部の名前をいえとひどい拷問を受けました。顔面を銃で殴られ、歯が三、四本折られました。日本軍靴で蹴られ、身体中殴られ、いつしか意識を失ってしまいました。日本軍は意識のない満身創

◀抗日村長だった夫が殺害された直後、自らもひどい拷問を受け満身創痍で性暴力を受けた王改荷さん。

痍の王さんをロバの背中にくくりつけ、河東村に連行し、砲台下の窰洞に放り込んだのです。

気づくと、小さな入り口からわずかに光が入るだけの、細長くて狭い天井の低い窰洞でした。窰洞といっても、煉瓦《れんが》で囲まれた土の上に干草が敷かれただけの洞穴です。顔中腫《は》れあがり、片方の目はまったく開けられず、もう片方の目も薄くしか開けられず、まともにものも見えなくなっていました。とうもろこしなどの食べ物を与えられても、唇が腫れあがり、何も喉を通りません。いつ骨折したのか分からないのですが、足の骨が折れており、わずかに動かしただけでも激痛が走り、座ることも立つこともできませんでした。腹も腫れあがっていました。そんな状態の王さんを、その晩、三、四人の日本兵が襲いました。その日から毎日、昼間は二、三人、夜になるとさらに多くの日本兵が窰洞にやって来ました。

来る日も来る日も何人もの日本兵に強姦されて膣や尿道まで腫れあがったようです。死にたいと思って、石に頭を打ちつけようとするのですが、力が出ませんでした。何日たっても何も食べられず、大小便も出なくなっていました。

日本軍に取り入り人々から裏切り者と思われていた漢奸《かんかん》（注3）が、そんな状態の王さんを見て父親に伝えました。

「このまま放っておけば娘は死んでしまう。金を用意してくれれば助け出してやる」

と。父親は、必ず連れ戻す、死んでも連れ戻すと、土地や家財を売り、銀元一二〇元を二人の

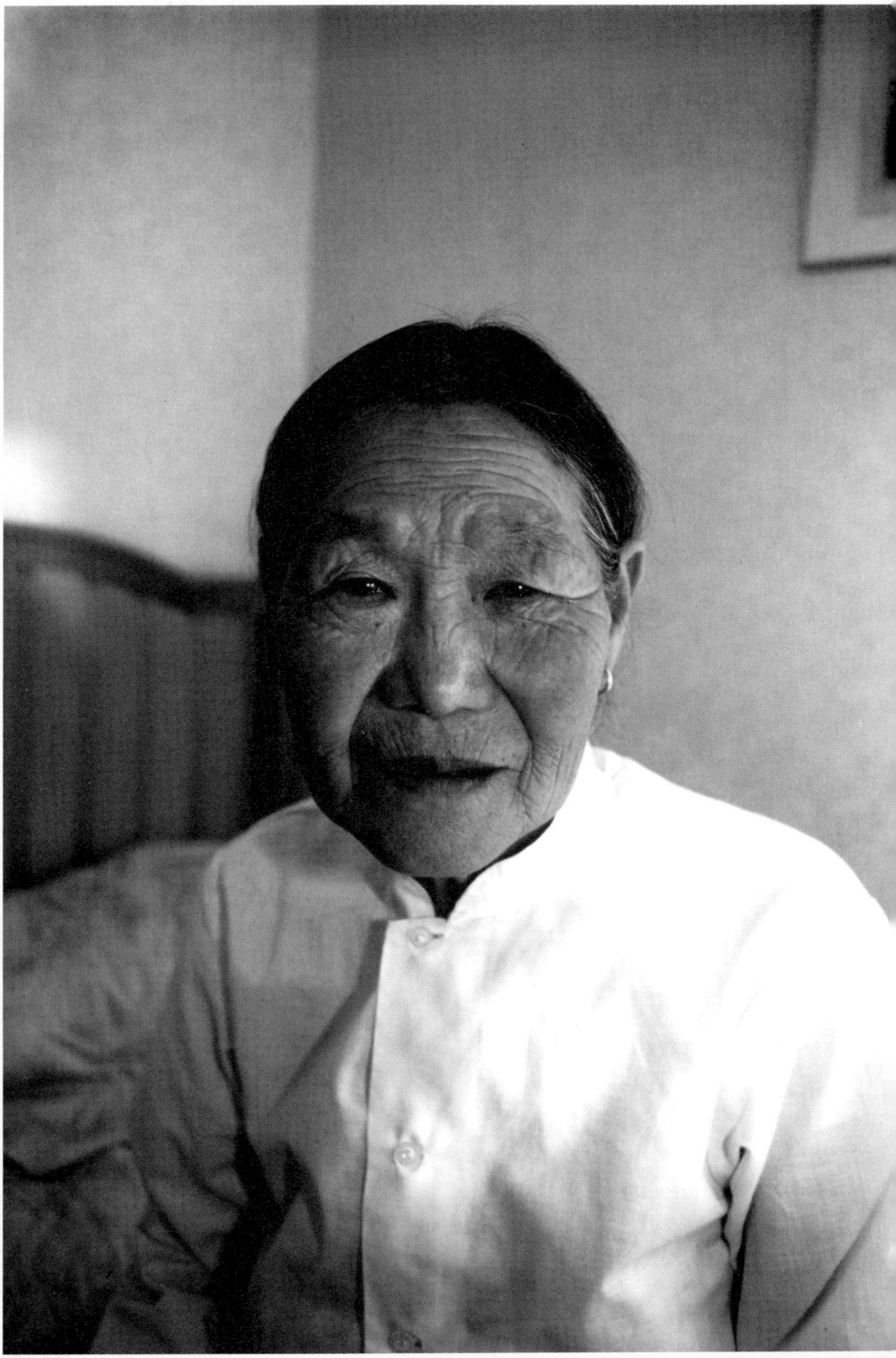

漢奸に渡しました。こうして、二、三週間ぶりに窰洞から出され、漢奸に連れられて麻地掌村の実家に帰ることができたのです。

それまで住んでいた侯党村の家は売り払われ、ひとりいた子もすでに亡く、夫も日本軍に殺されました。何もかも失って、王さんは実家で面倒をみてもらいました。二年間は自分で身体を動かすことができず、寝たきりの状態でした。腰や骨折した足の痛みに加え、下腹部が腫れ、激痛が続きました。用便も意のままにできず、長い間、失禁していました。ようやく起き上がれるようになってからも、三年間は杖がなくては歩けませんでした。

五年後、どうにか体調が回復して再婚し、三人の子に恵まれました。

### ✽「強姦所」として使われた砲台下の窰洞《ヤオトン》

一九九八年一〇月三〇日、山西省盂県西部で日本軍の性暴力を受けた被害者は、日本国の謝罪と賠償を求めて東京地裁に提訴しました。一〇人の原告のうち、河東村で被害を受けた女性は八人です。

尹玉林《インユイリン》さんは、姉とそれぞれ自宅の別室で日々強姦を繰り返された後、羊馬山に連れて行かれるようになりました。

楊時珍《ヤンシーヂェン》さんは、兄が日本軍に協力する維持会の会計をやっていたにもかかわらず家で輪姦され、砲台下の窰洞に連れて行かれ、一人の下士官に目をつけられて独占されるようになり、その下士官の移動時には東郭湫の砲台まで連れて行かれました。

趙潤梅《ヂャオルンメイ》さんは、河東砲台の日本軍が西煙鎮を襲った一九四一年四月二日（旧暦）、逃げようと外に出ると、隣家の老人が殺されたのを見て家に戻り、趙さんを追ってきた日本兵に切りつけられて瀕死の状態の養父母の前で強姦された後、砲台下の窰洞に連行され、四〇日間強姦され続けました。

張先兎《ヂャンシェントゥ》さんは、一九四一年一月二日、西煙鎮を襲った日本軍に布団、家具、鍋、ロバなどを奪われた上、連行され、途中の民家で七、八人に輪姦された後、河東砲台の窰洞に連れて行かれ二〇日間、食事もほとんど与えられず死んだと同然の状態になるまで強姦されました。

楊秀蓮《ヤンシュウリエン》さんは、養母である故南二僕《ナンアルプー》さんに代わって提訴しました。南さんは、「バカ隊長」と呼ばれていた下士官に約一年半、拘束されました。その間、男児を出産しましたが、その子は六か月で死亡しました。南さんの実家は父の三人兄弟と二人のいとこがともに三〇〇ムーの土地を耕し、裕福でした。家長である父親は南さんを連れもどそうと、土地をすべて売り、その代金を日本軍に渡したのですが、南さんは解放されませんでした。大事な土地を失い、父親と他の親族は不仲になりました。

一九四三年の旧暦八月、南さんの母親と弟二人が何者かに殺されました。「バカ隊長」が移動に

▲纏足でおぼつかない足取りの趙潤梅さんに娘も付き添っての来日。

なった時、南さんは逃亡に成功しましたが、まもなく別の古参兵に探し出されました。今度はその古参兵と他の兵隊に河東砲台下の窰洞《ヤオトン》で強姦され続けたのです。二か月後に再び逃亡すると、古参兵は実家に行き、南さんの弟の両腕を縛り、馬の鞍に結びつけて馬を走らせ、村中引きずりまわしたあげく、実家を焼き払いました。南さんの実家は土地を失った上、住む家までなくなってしまったのです。

戦後、中華人民共和国が新しい歴史を歩み始めた一九五〇年代初め、綱紀粛正をはかる「三反五反運動」のなかで、南さんは長期にわたり日本兵と過ごし、子どもまで産んだという汚名を着せられ、「歴史的反革命」の罪に問われて二年間服役しました。一九六〇年代後半の文化革命の際も同じ理由で迫害され、子宮がんが重なり、自ら命を

▲夫（右）とともに事実関係を調べ、養母・南二僕さんの遺志を継いで原告となった楊秀蓮さん。

絶ちました。「この子が大きくなったらすべてを話して、私に代わって無念を晴らしてもらいたい」という南さんの遺言が、養父が死ぬ直前に楊さんに伝えられました。楊さんは南さんの遺言をはたすため提訴したのです。

楊喜何さんと高銀娥さん以外の六人は、河東砲台下の窰洞で被害を受けています。羊馬山の斜面に掘られたその窰洞は、周辺の村々の女性を拉致してきては監禁する「強姦所」以外のなにものでもありませんでした。

現在、名乗り出ているのは、被害者のうちのごく一部でしょう。河東砲台に駐屯したのは、十数人から多い時でも数十人、時々、兵隊は移動しているので、一九四〇年冬から西煙鎮に撤退して行った一九四三年までの延べ人数は不明です。そのことを念頭においても、羊馬山に君臨した小さな部

◀趙存妮さんも提訴して後、逝去。

隊が周辺の村の人々にどれほど大きな被害をもたらしたか、原告の証言が明らかにしています。

他の原告の二人は、一九四二年旧暦八月、尭上を襲った日本軍に拉致され、西煙砲台で三十数日間強姦された趙存妮《ヂャオツンニ》さん、そして、羊泉村で抗日ゲリラとして活動していて三度も捕らえられ、報復として進圭社の窰洞で強姦され、熾烈《しれつ》な拷問を受けた万愛花《ワンアイホワ》さんです。

河東砲台に駐屯していた日本軍は、日常的に村へ降りて行っては、民家に押し入って強姦し、羊馬山上の窰洞に連行してきて強姦し、掃討戦で襲った村でも逃げ遅れた女性を見つけるとその場で強姦したり、拉致してきて窰洞に監禁しました。河東砲台の日本軍だけではなく、西煙砲台や進圭社に駐屯していた日本軍も同様に周辺の女性に対して性暴力を加えていたことは趙存妮《ヂャオツンニ》さんや万愛花さんの証言で明らかです。抗日活動をしていた女性に対する報復としての性暴力は、熾烈な拷問が加わり、より過酷になりました。そして、不埒《ふらち》な下士官や古参兵が自分専用に女性を独占しました。

さらに、一九四二年頃、村の人々から楊家院子《ヤンヂアユアンズ》（楊さんの家）と呼ばれた家に五人の女性が集められました。馬の売買を家業とする四人兄弟が住んでいて、部屋数も多く、庭の広い家でした。女性たちは維持会を通じて周辺の村に割り当てられ集められたのです。外出は自由にできましたが、楊家院子から逃げ出す女性はいませんでした。村の人から集めた金銭が女性たちの家族に渡されていたからです。

◀抗日活動の報復として捕らえられた万愛花さん。激しい拷問で背骨を損傷、数年間は歩けなかった。右の耳たぶには、イヤリングごと引き千切られた傷、頭部にも釘の出ている材木で打たれた傷痕がある。

『黄土の村の性暴力』（石田米子・内田知行編／創土社）には一八回に及ぶ調査の結果が記録されていますが、山西省の慰安所についても詳しく報告されています。河東砲台に駐屯したのは、前述した通り、第一軍独立混成第四旅団独立歩兵第一四大隊の一部の分遣隊でした。第一軍司令部があった太原市、独立混成第四旅団司令部があった陽泉市、独立歩兵第一四大隊本部があった盂県県城にはいずれも慰安所がありました。別の大隊では、中隊本部の近くにも慰安所が設置された例もありました。それらの慰安所には朝鮮人「慰安婦」、中国人「慰安婦」、日本人「慰安婦」がいました。

河東砲台に駐屯した第一軍の末端の小部隊は、上部組織がそれぞれ慰安所を設置した、それと同じ性暴力体質で、砲台下の窰洞を強姦所とし、さらに楊家院子に簡略慰安所を設けたのです（二〇四ページ地図参照）。

河東砲台に駐屯した分遣隊が特異な例でなかったことは、フィリピンやインドネシアの被害者の証言が明らかにしています。河東村周辺の女性たちが受けた被害と同じような被害をアジア各地の交戦地や占領地の女性たちが受けています。もちろん、日本軍が侵略した中国のいたるところで同様のことが繰り返されていたでしょう。

注1．「八路軍」＝一九三七年八月、国民党と共産党の合作に伴い、軍事面での合作も進展し、華北の

共産党軍である紅軍は国民革命軍第八路軍と改称された。華中の紅軍は一〇月に新四軍となった。

注2．石田米子・内田知行編『黄土の村の性暴力』（創土社）１３８ページより再引用。

注3．「漢奸」＝黒腿子《ヒートイズ》などとも呼ばれ、日本軍に取り入って利益を得、中国人同胞からは裏切り者とみなされた。

# Ⅴ　日本軍将兵の記録と証言

## ✻中国・戦犯管理所での「認罪学習」

一九五〇年七月から遼寧省《りょうねい》の撫順《ぶじゅん》戦犯管理所と山西省《さんせい》の太原《たいげん》戦犯管理所には、ソ連から移された日本人捕虜一〇〇〇人余が収容されました。

しかし、中華人民共和国が成立して間もない一九五六年に行われた戦犯裁判で起訴されたのはそのうちの四五名にすぎません。ごく少数の例外を除けば、起訴されたのは高級将校と満州の高級官吏に限られていました。裁判の目的が戦争犯罪者の処罰ではなく、侵略戦争を肯定する思想を改めることに重点がおかれていたからです。起訴された場合でも死刑や無期はなく、最高でも二〇年、軽い者は八年の刑で、その大多数は満期前に釈放され、帰国しました。

撫順戦犯管理所でも太原戦犯管理所でも約六年収容されていた後半の二年間、中国で犯した自らの戦争犯罪を見つめ、問い直す認罪学習が行われました。その最終段階では供述書がしたためられました。認罪、つまり罪を認めることを拒否して自殺した者もいました。幼い頃から軍国主義教育を受け、陸軍士官学校、あるいは陸軍大学を卒業し、三〇年もの軍歴のある者もいました。それぞれ、葛藤の末に記された供述書に違いありません。

供述書には、抗日根拠地に対する遮断線の構成、無住地帯の設定、燼滅《じんめつ》掃討の三光作戦、捕虜の殺害や毒ガスの使用といった国際法違反、強制労働、アヘン政策などが日時、場所を特定し、具体的に記されています。

撫順と太原のふたつの戦犯管理所で認罪の後、解放されて帰国した旧日本軍人は、中国帰還者連絡会（略称・中帰連）を結成しました。そのひとり絵鳩《えばと》毅さんによれば、認罪は責任の軽い下級兵士から先に行われ、次第に下士官、将校へと進んだそうです。第五九師団が二五七名、第三九師団は一九七名というように、同じ部隊にいた者が大勢いました。複数の実行者がひとつのできごとを照合し合うと、発令者の犯罪もおのずと浮かび上がったのです。しかし、責任の軽い一般の兵士でも、強姦についてはなかなか認罪できませんでした。殺戮、放火、略奪、捕虜虐待などの残虐行為は、作戦行動の一環として上官の命令に従ったまでだと言い逃れができます。しかし、強姦はそれができません。他の犯罪は認罪しても、強姦については誰もが最後までひっかかっていたので、強姦を認罪すると、すべての犯罪を明らかにしたと認められました。

## ❇日本軍の罪行を認めた元兵士の供述書

供述書の中の性暴力に関する記述は、決して多くはありません。しかし、中国において日本軍が犯したさまざまな性暴力が網羅されているといっても過言ではないでしょう。

① 日本軍の組織的な性奴隷制であった慰安所政策
② 接収家屋や軍施設などへ拉致監禁しての継続的な輪姦、強姦

③　燼滅掃討戦など作戦中に行われた強姦、輪姦
④　作戦以外のときに行われた単発的な強姦、輪姦
⑤　個々の軍人による専有＝性奴隷化
⑥　性的な侮辱
などです。供述書に記されたその記録を見てみましょう。

陸軍第五九師団歩兵第五四旅団長で、陸軍少将だった長島勤は次のように記しています。

《作戦進行中主食の不足及び副食物を掠奪し、根拠地討伐のとき、私は軍民遮断の目的を以て覆《ふく》滅《めつ》の命令を下したことがあります。それ故殺害、放火、掠奪、拷問等の罪行が尚更惨酷になりました。人民暴行、中国婦人侮辱等も多くありました。》（『世界』九八年五月号／一二四ページ）

長島勤は、中国の人々に対する掠奪、放火、虐殺、中国側の表現では三光（槍光、焼光、殺光）が「覆滅」の命令によってより残虐になったことを認めています。その過程で女性に対する性暴力も多発しました。

陸軍第三九師団師団長陸軍中将佐々眞之助も同様の認罪をしています。

《殊に挺進隊は悪鬼羅刹《あっきらせつ》の如く振舞い多くの人民を殺害しました。其他各部隊は道路工事に、運搬等に数多くの人民を酷使し殴打虐殺せし又中国婦人に対して凌辱《りょうじょく》的行為を敢《あえ》てした者も少くありませんでした。又到る所に人民の多数の家屋を奪取して宿営し、肆《ほしいまま》に破壊し焼却し又到る

所に人民の糧秣《りょうまつ》を掠奪して食い、大蝗軍《こうぐん》の襲来して其地方の畑地を食ひ尽すが如く、其付近の人家を食料の余量《よりょう》なからしめました。正に是《これ》日本帝国主義侵略軍隊の三光政策の表現であります。之等《これら》人民をして従《したがっ》て逃走避難した人民が作戦終了後帰来すれども住むに家なく食うに糧なく、爾後《じご》長期間困窮の呑底《どんぞこ》に沈淪《ちんりん》せしめたのであります。》(前出『世界』一三三ページ)

三光作戦が展開された各地で、蝗《いなご》の大群が襲来したかのように農作物が奪いつくされ、家々が焼かれ、村が破壊されたことから日本軍は「皇軍」をもじって「蝗軍《こうぐん》」と呼ばれるようになりました。

一九四〇年八月から九月にかけて、八路軍が一〇五団、四〇万の兵力を結集した総攻撃「百団大戦」で日本軍は大きな被害を受けました。それまで主に国民政府軍と戦っていた北支那方面軍が、八路軍に対する「燼滅掃討《じんめつ》」を打ち出したのは「百団大戦」以降です。百団大戦への反撃を開始するに当たって第一軍参謀長田中隆吉少将が、抗日根拠地に対しては、人間が生存できないくらいに徹底的に「燼滅掃討」せよ、と指示したことは、前章でも記しました。

陸軍第一一七師団師団長陸軍中将鈴木啓久《ひらく》は、供述書で「燼滅掃討」の具体例を数々記しています。たとえば、一九四二年九月下旬から一二月まで方面軍司令官岡村寧次の計画に基づき、八路軍の活動を阻止し、殲滅《せんめつ》する目的で幅四、五メートル、深さ二、三メートルの遮断壕とその付属望楼を構築します。八路軍の根拠地と一般住民が生活する地域との物資や人の往来を遮断するために築いたその壕の規模は全長一〇九キロメートルにも及び、膨大な耕地がつぶされました。この工事のために強制的に徴集された中国人は約一〇万人、劣悪な労働環境のもとで酷使したため死者も出ました。

また、同じ時期に長城線から二キロ以内の地域を無住地帯にしたことも記されています。その地域の住民は二〇日以内に家屋など搬送できないものは焼却して立ち退《の》くよう命じ、警備担任部隊はこれを督促し、従わない場合には部隊がその家を焼いて住民を追い払い、この命に反する者は殺せと命じました。焼却した家屋は一万戸余り、追い払われた住民は数万人、惨殺された住民は「甚《はなは》だ多数」でした。

鈴木啓久は、「燼滅掃討」作戦中に起こった性暴力についても記述しています。

一九四二年四月、八路軍数千名が豊潤北方の山地王官営を中心とする地区で活動しているという情報によって第二七師団長原田熊吉の命令で第一、第三連隊を指揮したときの「罪行」です。

鈴木啓久は第一連隊に対し、王官営付近の八路軍を包囲攻撃することを命じ、第三連隊に対しては、東側の封鎖を命じました。第二連隊が西側から攻撃することが分かっていたからです。また、攻撃終了後も八路軍の足跡を追い、捕捉殲滅することを命じました。第一連隊は南北から、第三連隊は東から王官営を包囲しましたが、すでに八路軍の大半は退避し、約一〇〇名が残っていたにすぎませんでした。この時、「六〇名を殺戮」、第一連隊は「追撃を続行し」、二日後、魯家峪付近に八路軍の秘匿陣地があることを突き止めたので、鈴木啓久は「徹底的に掃討せよ」と命じました。

《私の部下は王官営に於ては出来得る限り八路軍を虐殺し、魯家峪に於ての洞窟攻撃に際し、毒瓦斯《ガス》を使用して八路軍の幹部以下百名を惨殺し、又戦火内に引き入れられることを恐れ、魯家峪部落付近の山地に避難せる中国人民の農民二三五名を、中にも妊婦の腹を割り等の野蛮なる方法を用いて惨殺し、魯家峪部落約八〇〇戸を焼き尽くし、尚俘虜《ふりょ》は玉田に送り、其《そ》の中約五名を殺害したのでありまして、尚且《か》つ婦女の強姦百名にも達したのであります。》（前出『世界』九四ページ）

毒ガスの使用は国際法違反です。戦闘員以上に多くの非戦闘員が殺されています。その殺戮方法は「妊婦の腹を割」るなど、残虐をきわめました。小さな村での掃討戦で強姦された被害者は一〇〇名にも及んでいます。

殺戮、放火、略奪、強姦――出征前は一般の市民であった兵士たちがなぜこのような残虐行為をできるようになったのでしょうか。

❇初年兵刺突教育の残忍な光景

絵鳩さんは、一九四二年四月に中国に渡り、北支那方面軍第五九師団第五四旅団第一一一大隊の治安部で宣撫《せんぶ》工作の任務につき、小学生に日本語を教えたり、住民に日本軍に協力するよう働きかけていました。そして、一九四四年一一月からは初年兵教育を担当しました。

一九四五年六月のことです。師団の最後の作戦になったのですが、海陽県索格荘での戦闘で捕らえられた農民が初年兵訓練用に各中隊に四、五人ずつ配分されました。このことは長島勤の供述書にも次のように記されています。

《一九四五年六月一一大隊は海陽県索格荘で農民三十四名を初年兵の刺突教育をなし虐殺しました。》（前出『世界』一二四ページ）

その日は大隊長の検閲が行われました。あらかじめ中隊の使役兵が準備を整えておきました。捕虜（農民）を連れて歩いていくと、畑の中に四本の柱が立ててあるのが見えました。柱の後ろには穴が掘られていました。絵鳩さんの中隊に配分されたのは四名でした。そのうちの一人、一四、五歳くらいの少年が、親一人子一人なので母親は自分の帰りを待っているから帰してほしいと、絵鳩さんの足にすがりつきました。しかし、大隊から配分された捕虜を助教（教官を助ける下士官）だった絵鳩さんの一存で逃がすことはできません。使役兵によって四人は柱に縛りつけられました。三〇名の初年兵は四列縦隊に並ばせられ、「出発！」の号令に従って百数十メートル離れたところから「標的」に向かいます。「標的」の間際で「突っ込め！」の号令がかかります。しかし、兵隊は「標的」の前で立ちすくみました。突けないのです。

「なにをぐずぐずしてるんだ！　突っ込め！」

檄を飛ばされてがむしゃらに突っ込んでいくのですが、着衣や肋骨にはじかれて心臓を外れ、多くの初年兵が辛うじて腹部を突きました。「標的」は、四列縦隊に並んだ初年兵に繰り返し刺突されました。

「標的」にされた四人がどのように死んでいったか、その過程を絵鳩さんは見ていることができなかったといいます。絵鳩さんは訓練が終了した時、呆然としていましたが、視線はある一点に吸い寄せられました。刺突されて死んだ中国人の白い内臓が美しく夕日に照らされていたのです。

その夜、初年兵が一人前の兵隊になったことを祝し、各中隊に酒が振舞われました。初年兵は重く口を閉ざしていました。

中帰連の金子安次さんは、初年兵の時、はじめて人を殺した後は目をつぶると、相手の顔が浮かんできて何日も眠れなかったといいます。ところが、二人、三人と、その経験を積むにつれて罪悪感や恐怖感は薄れていきました。刺突する時、まともに突けば肋骨にはじかれてしまうが、銃剣の角度を変えれば難なく心臓を突ける、そんな技術も身につきました。刺殺、銃殺、焼殺、生き埋め、斬首《ざんしゅ》。日本軍はさまざまな方法で中国の人々を殺しました。将校らが軍刀で首を斬《き》る、その出来不出来を見ている兵は論評しあったりしました。一般の兵隊が身につけている銃剣では首は斬れません。家畜の飼料を切る押し切りでの斬首を命じられることがありました。これはさすがに抵抗がありました。生き埋めも惨酷でした。土をかぶせられ、もがけばもがくほど土は埋まっていきます。それを兵隊はたばこを吸いながら、

「ずいぶんネバルねえ。もういい加減死にそうなもんだが」

などと、いいあいながら見ていました。

初年兵の時、上官の命令は天皇の命令であると、徹底的に叩き込まれました。天皇の命令はその如何《いかん》を問わず従わなければなりません。それを拒否すれば国賊、非国民ということになり、親きょうだいまでもが村八分にされました。姉妹が嫁に行けなくなったり、弟が就職できなくなることを恐れ、いつの間にか自分から進んで残虐行為をするようになっていたのです。

## ✻訴えられることのなかった「強姦罪」

絵鳩さんは、捕虜の中に混じっていた約一〇人の女性たちを大隊長、中隊長が独占して囲っているという噂を聞いていました。人肉を食べたという噂も耳に入りました。二つの噂が事実であったことは、戦犯管理所での本人の認罪で知りました。そのことは、中国帰還者連絡会編『私たちは中国で何をしたか』（新風書房）に次のように記されています。

《私は二日前から十八歳ぐらいの中国の娘を連行させていた。毎日自分の慰《なぐさ》みものにしていたのが、いずれは何とか『処置』しなければならぬことは分かっていた。このまま殺してはつまら

ない。私は一つの考えを思いつき、それを実行した。私は娘を裸にして強姦し、その後、包丁で刺し殺し、手早く肉を全部切り取った。それを動物の肉のように見せかけて盛り上げ、指揮班を通じて全員に配給したのである。兵隊たちは人間の肉とも知らずに、久し振りの肉の配給に喜び、携行していた油で各小隊ごとに、揚げたり焼いたりして食べた。》

日本軍は三光作戦によって中国の人々の生活を破壊しましたが、日本の将兵の精神をもまた破壊していたのです。

「私はね、山東省に五年おっても慰安所へ行ったのは数えるほどしかないんですよ。金がないから、はけ口は作戦に行って強姦、輪姦ということになるんですね」

金子さんは、こういいます。中帰連の鈴木良雄さんは、金子さんのいう経済的理由とは別の理由を示しました。

「慰安所へ行って金を払ってセックスするよりも、現地で自由に自分がやった方がスリルがあるというか……」

陸軍刑法では強姦罪は当初、「掠奪《りゃくだつ》の罪」の条文のなかに規定されていました。

「戦地又は帝国軍の占領地に於《おい》て住民の財物を掠奪したる者は一年以上の有期懲役に処す。前項の罪を犯すに当り婦女を強姦したるときは無期又は七年以上の懲役に処す」

強姦罪が独立した条文となるのは、一九四二年二月です。

「戦地又は帝国軍の占領地に於て婦女を強姦したる者は無期又は一年以上の懲役に処す。前項の罪を犯す者人を傷したるときは無期又は三年以上の懲役に処し死に到したるときは死刑又は無期若《も》しく《しく》は七年以上の懲役に処す」

このように陸軍刑法で規定されていましたが、強姦、輪姦で軍法会議にかけられることはきわめて稀《まれ》でした。強姦罪は親告罪でした。被害者から訴えられることは、まずなかったのです。たとえ訴えられても中隊長らが、自分の進級に影響するので握りつぶしました。上官が黙認することを知って、兵隊は作戦に出ると、陸軍刑法では犯罪と規定されている行為を平気で繰り返したのだと金子さんはいいます。

しかし、日本軍の支配下にあった治安地区での強姦、輪姦は自重されました。女性に対する性暴力が中国の人々の反日感情を強く刺激し、宣撫工作の障害になると考えられていたからです。また、支配が完全でない準治安地区や未治安地区（八路軍にとっては解放区）の人々が性暴力被害を訴えることは不可能でしたが、治安地区では訴えられる可能性も皆無とはいいきれなかったからです。

準治安地区では、強姦、輪姦後、証拠隠滅のため殺害してしまう例が少なくありませんでした。燼滅の対象だった未治安地区では、どうせ、殺すんだからと、強姦、輪姦はほとんど野放しでした。

「妊婦の味は特別だぞ」「子持ち女はいいぞ」などと、古参兵がそそのかしました。但し、「八路軍の密偵がいるから気をつけろよ」と、注意もされました。

金子さんによれば、こんな事件がありました。ある古参兵が美しい女性を見つけ、強姦しようとねじ伏せました。女性は予想に反して抵抗しませんでした。掌の中におさまる半月形の小さなかみそりを隠し持っていて機を見はからっていたのです。その古参兵は性器をかみそりで切られました。女性は八路軍の工作員だったのです。

匿名B（注1）は、供述書に自らが犯した実に多様な性暴力を列挙しています。

《一九四三年十月――十一月、山西省聞喜県横水鎮で北支那派遣軍第三十七師団第三十七歩兵団司令部情報室勤務兵長の時、共産軍の根拠地に対し……略……婦女に対する強姦暴行姦汚蹂躪《じゅうりん》罪悪四十件（強姦罪・人妻を強姦し略奪し同棲した罪悪一名、小女《ママ》を強姦し同棲した罪悪一名、中央系野戦軍大隊長の妻を拉致し強姦した罪悪一名、共産軍地区の住民婦女を強姦した罪悪一名、工作員の妹に対する強姦罪一名、工作員の妻に対する強姦一名、中央系野戦軍戦士の妻に対する強姦罪悪一名）計七名、慰安所開設三件人員十二名（日軍のため呉江にて五名、日軍のため聞喜県河底鎮にて三名、保安隊のため霍県にて四名）、姦汚罪悪十六件（慰安所に於ける公娼四名、私娼八名、食堂に働く女給四名）、婦女に対する凌辱（暴行脅迫を含む）罪悪十四件人員二十名殴打二名脅迫一名、裸体（スボンを含む）八名、輪姦二名、拉致し暴行を加へた者（氷の上に又髪の毛を切った者六名、関係せしめた者一

名）。（『中帰連』第6号／一八ページ）

匿名Bは、共産軍根拠地で七人の少女及び女性を強姦していますが、そのうち四人が大隊長や工作員、戦士の妻や妹です。彼女たちは見せしめや報復のために強姦の標的にされたのでしょう。単に強姦するだけではなく、ある人妻と少女の場合には、拉致してきて監禁し、性的対象として専有していました。また、三か所に慰安所を開設し、一二人を「慰安婦」にしました。自らの慰安所での「姦汚罪悪」は四回です。八人の私娼と四人の女給に対する買春も「姦汚罪悪」にあげています。そのほかに、殴打や脅迫、あるいは裸体にしたり、氷の上においたり、髪の毛を切ったり、中国人同士を性交させて、それを見ていたこともありました。

## ✻将校は慰安所、一般兵士は女性を拉致して強姦

金子さんの実感では、慰安所は一般の兵隊よりもむしろ将校、下士官の方が多く利用しただろうといいます。兵隊の給与は二等兵で六円、一等兵が八円八〇銭、上等兵が一一円くらいでした。慰安所の料金は一円五〇銭です。五円くらい天引き貯金されていたので、とうてい慰安所へは行けなかったというのです。金子さんが利用したのは、「ショートルピー」と呼ばれた中国人の「ピー屋」でした。「ピー」は一般に「慰安婦」を意味しますが、この場合の「ピー」は「慰安婦」ではありません。店を構えず、せいぜい三人くらいの私娼《ししょう》が普通の家にいました。中国人に尋ね、そ

うした「ピー屋」を探して行ったのです。

金子さんが所属した独立歩兵第四四大隊は一三〇〇人規模、大隊本部のあった臨清には歩兵砲隊、機関銃隊、小銃隊と一個中隊、計約五〇〇人が本部を警備していました。そして、臨清から一五ないし二〇キロ離れた地点に扇形に四つの中隊が配置され、さらにその先に一五名程度の分遣隊が置かれました。臨清には、慰安所が三軒、「太陽」というカフェー、「葉隠れ」という居酒屋、将校用の割烹屋などがありました。これらの施設を利用できたのは、本部周辺にいた将兵だけです。中隊から公務で本部に行く用事のある下士官も利用できました。けれど、歩兵である一般の兵隊が遊びに行ける距離ではありませんでした。

各中隊の駐屯地には、時折、本部近くの慰安所の「慰安婦」二、三人が二、三日くらいずつ巡回してきました。経理下士官が一五、六人の警備兵をつけ、引率して行くのです。そんな時にも一日目は中隊長らが「慰安婦」を独占してしまいます。二日目から毛布で囲っただけの急造の慰安所に兵隊が集まりました。途中、敵襲を受ける恐れがあったので「慰安婦」は派手な着物を避け、地味なもんぺ姿、その上に軍の外套を羽織り、軍帽をかぶり、トラック二台くらいで移動しました。その警備につく任務は兵隊たちに嫌われました。「慰安婦」の警備で敵襲を受けて命を落とすなどというぶざまな死に方はしたくないと思われたのです。

分遣隊は、周りに堀を掘り、望楼を造って交代で見張りを立てていました。この分遣隊までは

「慰安婦」は巡回してきません。指揮官の監督の目のとどかない分遣隊では、望楼の中に女性を拉致してきて輪姦する事件がしばしば起こりました。

金子さんはこう語ります。

「村の人たちはある程度、黙認しているんですよね。怖いから。何やられるか分からないから。女も泣き寝入りだよね。気持ちとして女に一円払うか、二円払うか、その程度。やるのは古い兵隊だけ。一人の女を八人ぐらいでやったことあったけどね」

村の人々に騒がれては面倒なので、すぐに帰らせたということです。部隊に訴えられれば問題になりますが、訴えられることは、まずありませんでした。村の人々にとって、武装している軍に抗議することなど、命がけでなければ出来なかったからです。一円か二円与えられても女性が納得するはずはないし、この犯罪が免罪されるわけはありませんが、兵隊は気休めにいくばくかの金銭を握らせたのです。金を握らせておけば、本人と合意であったと取り繕える、そんな悪知恵を働かせる者もいたのかもしれません。

絵鳩さんによれば、望楼が造られると、村長から分隊長に女性が差し出されたといいます。武装して駐屯する日本軍との関係をよくして村を守ろうとする切羽詰った対策だったのでしょう。

佐々眞之助は「師団の支援の下に経営し日本将兵の慰安を供用して居た」御用商人がアヘンでも暴利を貪《むさぼ》っていた事実を供述書で明らかにしています。

《春屋の主人は師団御用商人であったので、各部隊需要に応じ野菜等を師団の威力を背景に利用して、中国人民より安価に収買して各部隊に供給し、中国人民より利益を搾取し、又阿片《アヘン》商人なりし由なるを以《も》って入手した阿片を其吸引者なる中国人に其悪癖を利用して高価に密売して莫大な利益を奪取して居た…略…之等莫大な収益の分前として、春屋は日本軍将兵の慰安費を低廉《ていれん》ならしめて居たと認められます。》（前出『世界』一三六ページ）

日本軍はアヘンの流通に関わり、謀略工作の経費や傀儡《かいらい》軍の維持費にあてていたといわれます。この供述書では、アヘンの売買に慰安所業者が深く関わっていたことを示しています。

鈴木さんは、同室だった下士官が北京に公務で出かける際、ジャングイ（慰安所業者）から依頼されてアヘンを運び、多額の謝礼を受けていたのを見ています。その下士官は中国語教育を受けており、単独行動が可能でした。公務で行くのでアヘンを隠し持っていても疑われることなく検問を通過することが出来たのです。

### ❇「慰安婦」が下士官に親切だったその理由

鈴木さんが慰安所へ通うようになったのは、一九四五年一月からでした。それまで一度も慰安所へ行ったことがありませんでした。汚らわしいと思っていたのです。「慰安婦」に対して、朝鮮から第一線まで来てあくどい金儲けをしている売春婦という、他の兵隊と同様の認識しかありませんでした。故郷には、初恋の婚約者を残してきて、手紙のやり取りは欠かしませんでした。慰安所に通い始めたのは、日本の敗戦を予期したことと無関係ではありません。大晦日の夜でした。将校も曹長も遊びに出かけて不在でした。慰安所の女性たちが、正月用の餅をもらいに来ました。炊事下士官は自分の裁量だけでは与えられないので、残っていた下士官の中では最古参だった鈴木さんの許可を求めに来たのです。せっかく娘たちが来たんだから酌をさせて酒盛りをしようということになりました。さらに、酒を飲んだ勢いで慰安所へ行こうと、下士官全員を引率して行きました。それがきっかけとなったのです。

四五年四月から大隊本部、各中隊本部をすべて引き払い、米軍上陸に備えて山の中に陣地構築をしました。鈴木さんはその計画をだいぶ前から知っていました。大隊砲や連隊砲で米軍の戦車にかなうはずはない、爆撃されればひとたまりもない、もう日本は終わりだなあ、あと半年か一年の命だろう、日本には帰れない、そう感じました。以来、たがが外れたように慰安所通いが始まりました。

毎晩慰安所へ行きました。民家を占領して兵舎にしていましたが、草むらの陰の土塀に穴を開け、夜になるとこっそり抜け出します。禹城には二軒の慰安所がありました。「ふたば」という慰安所のミサオという「慰安婦」と親しくなりました。その女性から、料金はいらないから毎夜来てほしいといわれました。当時は、惚れられていると思い込んでいたのですが、今考えると、その女性の思惑は別のところにあったのです。

慰安所は二軒とも禹城の町の中にありましたが、警備兵は配置されていませんでした。八路軍の襲撃、無頼漢の出没などに対して彼女たちを守るものはなく、無防備な状態におかれていたのです。日本軍の拳銃を持った下士官が泊まっていれば、彼女にとって非常に心強かったに違いありません。また、「慰安婦」は、荒んだ兵士に始終暴力をふるわれていました。たとえば「ミサオは鈴木下士官の女」ということが兵隊たちの間に伝われば、その「慰安婦」に対して乱暴なことはできなくなります。将校、下士官の特定の「女」になることが、兵隊の暴力除けになったのです。その女性は朝鮮の歌を教えてくれました。覚えにくい朝鮮の歌を覚えさせることも下士官を長く通わせるための彼女の策だったのだろうと、鈴木さんはいいます。

### ❇「慰安婦」に対する人権侵害を「罪」と認めた元日本兵

絵鳩さんは、慰安所の利用が女性の人権を侵害する行為だという認識は、認罪学習をした者の間にもほとんどなかったと指摘します。

――日本の軍隊といえども、強姦は、たてまえでは陸軍刑法で禁じられている。強姦は悪いと思っていても、慰安婦はあてがわれたこと、俺は金を払ったぞ、という気持がある。「慰安婦」は公娼だという政治家や学者と同じで、商行為だと思っていて、罪だとは認識していないんですね。

われわれの認罪書の一番の欠点です。

侵略戦争を遂行するために行われた残虐行為は認罪されましたが、慰安所での女性に対する重大な人権侵害は「罪行」と認識されなかったのです。例外が前述の匿名Bと衛生曹長であった匿名Cです。Cは、一九四〇年九月から四五年七月まで、済南、臨清、長清、泰安（いずれも山東省）などの買春施設や慰安所へ通った事例を「強姦」の項目で列挙しています。

《一、一九四〇年九月一七日より一九四二年五月迄山東省済南独立歩兵第四一大隊本部医務室蟠《ばん》踞《きょ》中私は強姦の目的を以《も》って済南市緯八路中国人民家屋に侵入し日本帝国主義者（私を含む）が中国に侵略の為貧困と飢餓にある中国人民婦人一五名に（一七才—二五才位）一五回強姦し其の儘《まま》放置してきました。》（前出『中帰連』二〇ページ）

中帰連の山中盛之助さんによれば、済南の緯八路と三太馬路が交叉したあたり一帯には買春施設が軒を連ねており、「緯八路へ行こう」といえば、買春を意味したといいます。一般の兵隊には、ふだん検査を受けていない女性たちの性病罹患率が高かったことから危険地帯として恐れられていました。が、匿名Cはたびたび足を運んでいたのです。ここに記されている緯八路の「中国人民家屋」は一般の民家ではなく、私娼をおいていた家でした。

《五、一九四二年一二月一日より一九四四年四月迄山東省泰安県泰安第五九師団防疫給水蟠踞間私曹長は強姦の目的を以って中国人民家屋に侵入し第五九師団司令部で誘拉《ゆうら》監禁している中国婦人二〇才―二五才位五名五回と朝鮮婦人一二名に（一八才―三〇才）一二回強姦し強姦後は其の儘《まま》放置して来ました。》（前出『中帰連』二〇ページ）

この「中国人民家屋」は慰安所であったことは、「第五九師団司令部で誘拉監禁している」中国女性と朝鮮女性を「強姦」したとの記述から明らかです。曹長だったCは、時期と駐屯地別に「強姦」の回数と対象にした中国と朝鮮の女性の数を明示し、「強姦集計表」を作成しています。その総計は四一でした。

匿名Bと匿名Cが、慰安所での人権侵害も、私娼に対する買春も「強姦」と認識していたことが注目されます。

陸軍将校鈴木啓久は、慰安所の設置命令と、そのために婦女を「誘拐」したことについて三か所で記しています。「歩兵第六十七聯隊長の時の罪行」の（9）では、

《私は巣県に於て慰安所を設置することを副官堀尾少佐に命令して之れを設置せしめ、中国人民及朝鮮人民婦女二〇名を誘拐して慰安婦となさしめました。》（前出『世界』九〇ページ）

「第二七歩兵団長の時の罪行」の（18）では、慰安所を設置した場所を「豊潤、砂河鎮其他二、三」、「慰安婦」にした中国の女性の数を約六〇と明示しています。また、「歩兵第四旅団長及第一一七師団長の時の罪行」の（13）では、中国ならびに朝鮮の女性を「誘拐」して「慰安婦」にした数をやはり約六〇名と記しています。

慰安所の維持管理を「罪行」にあげている供述書もあります。匿名Dは、済南の「日本軍将校専用の中国人妓館」であった「星倶楽部《くらぶ》」や料亭「桜」、階行社料理部、軍人会館など後方施設の監督に当たり、中国女性を「侵略者の肉欲の対象」にしたことなどを認罪しています。

また、陸軍第三九師団師団長陸軍中将佐々眞之助は次のように記しています。

《師団湖北省駐屯間当陽には、日本人経営の慰安所が従前より設けられ、日本軍隊の慰安に供せられて居ました。師団は之が経営を支援しました。当慰安所には中国婦人十数名が日本帝国主義の侵略戦争に依り生活苦に陥り、強制的に収容せられ、賎《せん》業に服して居たのでありました。宜昌、荊門にも同様の慰安所があったと思われます。之等は、侵略日本軍隊が強制的に中国婦人を凌辱した重大な罪悪であります。》（前出『世界』一三五ページ）

一九九〇年五月、盧泰愚《ノテウ》大統領（当時）の訪日に際し、韓国の女性団体が日本政府に対し挺身隊問題の真相究明と謝罪を求める声明を発表して以来、この問題は国際的に論議されてきました。

一九九六年二月、国連人権委員会で発表されたクマラスワミ報告書では、日本軍の慰安所制度を「軍事的性奴隷制」と定義しました。九八年八月、国連人権小委員会で採択されたマクドゥーガル報告書では慰安所を「レイプ・センター」と規定しました。日本軍の慰安所制度は「軍事的性奴隷制」、慰安所は「レイプ・センター」との定義は、国際的な論議の末に出された結論です。

くしくも、匿名Cは慰安所や買春施設を「強姦所」と呼称し、鈴木啓久は慰安所の設置と婦女を「誘拐し慰安婦となさしめ」たことを認め、佐々眞之助は師団の慰安所経営支援、そこでの性の蹂躙《じゅうりん》を「重大な罪悪」と認罪しました。約半世紀前に、認罪学習で自分が犯した犯罪を見つめた旧軍人は、現在の国際社会が出した結論とほぼ同じことを認識していたのです。

しかし、それにしても、なんと多くの旧日本兵が自分が犯した犯罪を認め、明らかにすることなく長い年月を過ごし、沈黙し続けていることでしょう。戦争犯罪の隠蔽《いんぺい》を許してきたのは、戦後世代の責任でもあります。日本軍が犯した罪行を見据えることは、戦争犯罪につながる思想を生み出さないための今日的な課題です。

注1．『中帰連』第六号では、「中国戦線における日本軍の性犯罪」が特集され、供述書の抜粋が掲載されているが、起訴された者以外は匿名になっている。

# Ⅵ　インドネシアのイブの証言

## ❇︎登録された二万二〇〇〇人余の被害者

インドネシアの兵補協会は、日本軍の補助兵として働いた未払い賃金を日本政府に要求する活動をしています。その兵補協会では、一九九五年八月一五日、「女性のためのアジア平和国民基金」（略称・「アジア女性基金」）が民間からの募金を開始した直後から、日本軍による性暴力被害者の登録作業を開始しました。

この基金は、広告宣伝費や職員の給与など運用資金は国が負担するものの、「慰安婦」被害者に支払う一時金は民間からの募金をあて、首相のおわびの手紙を添えて手渡すという「償《つぐな》い事業」を実施するために設立されました。支給対象は韓国、台湾、フィリピンの被害者に限定されました。国の責任をきわめて曖昧にした事業であったため、日本政府に法的責任に基づく謝罪と賠償を求めてきた被害者と支援団体はこれに強く反対しました。インドネシアの場合には、皮肉にも多くの被害者や支援団体が欺瞞的な事業として反対した一時金支給の対象にさえされませんでした。被害者の声が日本政府に届かず、いわば蚊帳《かや》の外におかれていたのです。

当時、インドネシアの被害実態は日本社会にはほとんど伝えられていませんでした（注1）。同年九月、国の責任を明確にした謝罪と賠償を勝ち取るまで、被害者が意に反して「アジア女性基金」を受け取らなくてもすむように経済的支援をしようと発足した戦後補償実現市民基金では、インドネシアの状況を把握しようとチームを組み、第一回目の調査を行いました。私もその一員として参加しました。

最初に訪ねたのは、ジャカルタのLBH（法律扶助協会）本部と兵補協会本部、LBHのジョグジャカルタ支部でした。LBHは、法律相談など弱者のために援助活動を行う人権擁護団体です。LBHには四二〇人の日本軍による性暴力被害者が届け出ており、そのうち約三〇〇人がジョグジャカルタ支部に登録されていました。

九三年四月、ジョグジャカルタ支部は、インドネシア社会大臣の「日本軍の犠牲となった女性たちを探す必要がある」との声明を歓迎し、その直後から九月まで登録作業を行いました。その結果、一万七二四五人の「ロームシャ」とともに女性の被害者も届け出たのです。

兵補協会は、多数の島からなるインドネシア各地に一三四の支部があり、会員は遺族も含めて七万六〇〇〇人います。兵補協会では、その組織を通じて登録作業を行なっている最中でした。被害を受けた場所、年齢、当時の状況などを記し、写真も貼られたA４判の登録カードの束は、私たちが兵補協会本部を訪れるたびに増え、最終的には二万二二三四人分に達しました。「慰安婦」にされた女性ばかりでなく、強姦や輪姦、将校宿舎などに監禁されての継続的な被害、石油会社の役員や電話会社の職員など、軍属待遇であった日本人と関係していた女性も含まれていました。

インドネシアは長い間、オランダの植民地でした。一九四二年三月、日本軍は短期間の戦闘でオランダ軍を破り、三年五か月にわたって軍政を敷きました。その間、日本人によるさまざまな性暴力が発生していたのです。日本はインドネシアの豊富な資源、特に石油を獲得するためにインドネシアを占領したのですが、軍事的・経済的侵略が性侵略をもひきおこす、そのことを二万二〇〇〇人を超える登録カードが示していました。

## ❇日本軍政下のインドネシア

「アジアの光日本、アジアの保護者日本、アジアの指導者日本」

これは、日本がインドネシアで軍政を敷いた当初、「3A運動」と呼ばれた宣伝作戦が展開された時掲げられたスローガンです。

「満州」に始まった日本軍の侵略は中国での全面戦争へと発展し、さらに「大東亜共栄圏」構想に基づく広大な南方への侵攻へと展開しました。この「南進」政策の目的の一つは、オランダ領東インド（蘭印・現在のインドネシア）の資源、特に石油を獲得することでした。石油以外にもインドネシアでは、錫《すず》、ゴム、タングステンなど重要な資源が産出されていました。

一九四一年一二月八日の対米英開戦と同時に、日本軍は米領フィリピン、英領マラヤ（マレー半島）に侵攻、そこを足がかりにインドネシアへ南下します。後述する蘭領ボルネオのバリクパパンを占領したのは四二年一月一四日、バンジャルマシンを占領したのは二月一〇日でした。二月二八日のスラバヤ沖海戦、三月一日のバタビヤ沖海戦で日本の海軍は、オランダ、オーストラリア、イギリスの艦隊を全滅させ、三月一日、陸軍がオランダ軍の主力がいたジャワ島へ上陸しました。オランダ軍は三月九日、無条件降伏します。その二日前に日本軍はジャワ島に軍政を敷きました。

オランダは、一六一九年、バタヴィア（現ジャカルタ）に始まり一九世紀前半にはジャワ島のほぼ全域を、そして、二〇世紀初頭には現在のインドネシアのほぼ全域を植民地として支配してきました。オランダ軍を短期間で撤退させた背景には、インドネシアの人々から日本軍が長い植民地支配からの解放者として迎えられた側面があります。

しかし、日本の軍政下では、インドネシアの人々はオランダ時代以上に過酷な生活を強いられることになります。

冒頭に記したスローガンは不評で、「3A運動」は半年くらいで頓挫しました。四三年からは、日本軍政を浸透させるためスカルノなど民族指導者を利用し、プートラと略称された「民衆総力結集運動」を展開します。しかし、インドネシアの独立を目指すスカルノらが民衆に及ぼす影響に軍当局は懸念を抱き、まもなく「ジャワ奉公会」を組織しました。これは、日本国内の大政翼賛会と同様の戦争協力のための社会教育でした。

また、一〇代から四〇代の男性をさまざまな形態で組織しました。青年団や警防団、さらに、日本軍政の軍事的目的のために動員する学徒隊や「ヒズブラー」(回教挺身隊)「兵補」「ペタ」(ジャワ防衛義勇軍)などです。

軍属に準じる「兵補」は、一六歳から二五歳までの青年男子を対象に二か月程度の軍事訓練の後、試験を行い採用しました。当初は、インドネシアで日本軍の補助兵として働きましたが、次第にマレー、ビルマ(現ミャンマー)、フィリピン、シンガポールなどの戦線に派遣されるようになりました。総数は約二万五〇〇〇人、インドネシアの日本軍の総軍事力の一割を占めました。

四三年一〇月に発足した「ペタ」は軍事組織そのもので、その数は三万八〇〇〇人に達しました。

さらに、人口が過密なジャワでは、県、州ごとに「労務協会」を設置し、「ロームシャ」を徴用しました。主に男子ですが、戦局が悪化した頃から女子も徴用しました。ロームシャもシンガポール、マレーシア、タイ、ビルマなど、日本軍の戦線に連行しました。泰緬《たいめん》鉄道建設に駆りだされたロームシャが酷使され、食料や医薬品が不足し、多くの犠牲者を出したことはよく知られています。

また、米の供出を義務づけ、食料を配給制にしました。一九二九年の世界恐慌以来、インドネシアの人々は苦しい生活が続いていましたが、日本の軍政はそうした状態をさらに悪化させたのです。日本軍はインドネシアを食糧の供給地としても位置づけ、南洋方面軍に送ったため、次第に食料が不足してゆきました。折りしも、数か所の穀倉地帯で不作が続き、栄養失調による死亡者も出るほどの食料不足に追い込まれました。

このように日本軍は、軍政下のインドネシアから石油、米をはじめ戦争遂行に必要な物資を収奪し、労働力や兵力までも調達しました。働き盛りの男性を兵補、ロームシャ、ペタとして日本の戦争に駆り出された上、食料をはじめとする生活物資が不足し、その値段が急騰してインドネシアの人々の暮らしは急速に困窮していったのです。

そして、日本軍は、駐屯した各地に慰安所を設置し、朝鮮や台湾の女性を連行する一方、インドネシアでも「イアンフ」を徴集しました。そればかりか、日本兵による少女や女性に対する強姦、輪姦事件が各地で発生していたのです。

インドネシアでは、「ヘイホ」「ロームシャ」「イアンフ」「バッキャロ（馬鹿野郎）」は、日本軍政時代に使われていた日本語の発音で、今日も通用します。六〇年もの長い年月忘れられないほど人々の脳裏に深く刻印された日本語なのです。

中曽根康弘元首相の回想記「二十三歳で三千人の総指揮官」（松浦敬紀編『終わりなき海軍』）に、主計将校として軍慰安所設置に関係したことが、次のように記されています。

《三千人からの大部隊だ。やがて、原住民の女を襲うものやバクチにふけるものも出てきた。そんなかれらのために、私は苦心して、慰安所を作ってやったこともある。かれらは、ちょうど、たらいのなかにひしめくイモであった。》

私は、九五年から九六年にかけての三回のインドネシア訪問で、日本軍に襲われた「原住民の女」や、中曽根主計将校が苦心して作ったという日本軍の慰安所に、だまされたり、脅されたりして連行された女性たちの証言を数多く聞くことになりました。

被害者の証言の採録は、LBHジョグジャカルタ支部、兵補協会スカブミ支部、兵補協会西ジャワ（バンドン）支部の全面的な協力を得て実現しました。

## ❇麻酔なしの中絶手術より痛い記憶

私たちが、はじめてLBHジョグジャカルタ支部を訪ねた九五年九月、マルディエムさんら、六人のイブ（年齢の高い女性に対する敬称）が集まってくれました。六人とも、ボルネオ（現カリマンタン）のバンジャルマシン郊外のトゥラワンにあった同じ慰安所に連行された被害者です。日本軍の撤退後、ジョグジャカルタ近辺に帰ってきた一一人が連絡をとりあっていましたが、その時点ですでに三人が他界していました。マルディエムさんは、九三年四月、LBHジョグジャカルタ支部の呼びかけに応じ、インドネシアで最初に名乗り出て以来、被害者のまとめ役として、また、この問題を訴える運動の先頭に立って活動していました（注2）。

マルディエムさんは母親が生後まもない頃に亡くなり、父親も一〇歳の時に亡くなって、当時はお手伝いさんとして働いていました。歌が大好きで音楽団の公演に一度出演したことがあり、歌手か芸能人になることを夢見る少女でした。

トゥラワンの慰安所に少女たちを連行したのは、正源寺寛吾を責任者とする一団です。正源寺は日本軍の占領直後、短期間でしたが、バンジャルマシンの初代市長となった人物です。一団のなかに歌手になっていたミス・レンチという幼馴染がいました。彼女から「いっしょにボルネオに行って芝居をしよう」と誘われた時、マルディエムさんはチャンス到来と思い込んでしまいました。ジョグジャカルタ近辺で集められた少女たちは四八人、スラバヤに向かう列車の中ではうきうきと他の少女たちと歌をうたっていました。日本が軍政を敷いてまだまもない頃のことです。マルディエムさんはまだ一三歳でした。

スラバヤで約二週間船待ちをし、二日間船に乗って着いたのはボルネオでした。

少女たちのうち半数は劇場や食堂で働くことになり、残りの二四人はバンジャルマシン郊外のトゥラワンに連れられて行きました。周囲から中が見えないように高い塀を巡らし、凹字型の建物に番号のついた小部屋がたくさんありました。その小部屋に一人ひとり入れられ、日本の名前をつけられました。マルディエムさんの部屋は一一番、モモエという源氏名でした。昼間は軍人、

た。ジョグジャ周辺の町や村からカリマンタン島（旧ボルネオ）のバンジャルマシンの
ルティさん。1995年

▲ジョグジャカルタのＬＢＨ（法律扶助協会）を訪ねると６人の被害者が集まってくれ
同じ慰安所に連行された女性たちだ。左端がマルディエムさん、右から３人目がスハ

◀マルディエムさんらと同じ慰安所にいた故スカルリンさん。

夜は私服の軍属が利用する典型的な慰安所です。チカダという日本人の業者がいました。マルディエムさんは、そこで日本の敗戦まで三年余り、モモエとしての任務を果たすことになります。

身体の細かったマルディエムさんの妊娠に、最初に気づいたのはチカダです。一五歳の時でした。病院に連れて行かれ、堕胎薬を飲まされましたが効かず、中絶手術を受けることになりました。ところが、麻酔薬がなかったため使わずに手術は行われたのです。妊娠五か月で胎内から掻《か》き出された子は男の子でした。小さな手、小さな足の、けれどまぎれもなく人間の形をしたその子にマルディエムさんは自分の名前をとり、マルディヤマと名づけ、埋葬しました。

空襲で病棟の隣のロームシャの寮が爆撃され、病院にいられなくなって慰安所に戻りました。チカダは、体調が快復していないマルディエムさんの長い髪を掴んで引きずり回し、殴り、蹴り、意識がなくなるまで暴行を加えました。それは、イアンフは妊娠してはならないことを他の少女たちに知らしめるための制裁でした。

気がつくと、仲間が心配そうに看病してくれていました。

それからしばらくして、チカダに呼び出されました。チカダの部屋に行ってみると、数日前の暴行はまるでなかったかのように、マルディエムさんは愛撫され、犯されました。それは、モモエとしての任務の再開の合図でした。

マルディエムさんを三度目に訪ねた時、こんな話をしてくれました。

一一番の部屋のモモエであった頃の記憶が蘇ると、何度追い払っても次から次にいやなことが思い出され、はてしのないどうどう巡りに陥ってしまうというのです。通訳の木村公一さんは、日本語にないそのことばを訳すのに窮して、その「どうどう巡り」を「悪魔の輪廻《りんね》」と表現していました。

そして、敬虔なイスラム教徒であるマルディエムさんはいいました。

一五歳の時、麻酔なしで人工妊娠中絶の手術を受けたその痛み以上に、自分の体内に身籠った子を殺してしまった罪の重さに慄《おのの》き、胸が痛む、と。

また、こんな話もしました。

故人となった夫の遺族年金を受け取りに行った時のこと、大勢の受給者が順番を待っている中で、突然、指差され、「日本の売春婦」ということばを投げつけられたそうです。マルディエムさんの姿をきっとテレビで見て、イアンフであったことを知った人だったでしょう。次の受給日には怖くて年金を受け取りにいけそうもないと顔を曇らせていました。

## ✻学校に入学させると役人が募集

トゥラワンの慰安所には、三回にわたってジャワ島の少女が送り込まれました。最初が一九四二年五月か六月、次がその約一年後、三回目は四四年九月頃です。

スハルティさんは、東ジャワのタングンサントレンという村で生まれ育ちました。両親はわずかな田畑を耕す農民でした。

一九四四年のある日、クルラハン（村より少し大きい行政単位）の役人がやってきて、一五歳以上の婦女子は登録するようにと、村々を回りました。何のための登録かは分かりませんでしたが、若い娘たちは登録を恐れて役人に見つからないよう、家にはいないようにして畑に出て仕事をしていました。スハルティさんは、運悪く家にいて見つかってしまいました。その二日後、父は役所に呼び出され、あなたの娘はボルネオの学校へ行けることになった、すでに予算も組んで出発できる準備が整っているといわれました。父は手元においておきたいといいましたが、聞き入れられませんでした。

決められた日時に役所の前に行ってみると、大勢の男の人たちが集まっていました。スハルティさんと同年代の少女は四人、その人たちと一緒にトラックに乗せられました。男の人たちはロームシャとして集められたのだろうと、後になって気づきました。引率をしていたのは三人の日本兵です。

スラバヤに着くと、同年代の少女の数がみるみる膨《ふく》れ上がり、バリクパパンとバンジャルマシンに行く二組に分けられました。スハルティさんは、バリクパパンに行く三〇人の中に入れられ、日本の船に乗せられたのです。二晩を航行する船上で過ごし、港に着いたのが三日目の午後一時、そして、夕方、粗末な建物に連れて行かれました。そこは学校ではありませんでした。時間を追って次第に分かってきたことですが、グヌンマラン慰安所でした。グヌンは山を意味するインドネシア語で、マランは山の名前です。そこにはすでに数人の女性がいました。部屋数は約三〇室、いっしょに来た一八人が空いている部屋にひとりずつ入れられました。一二人は別の慰安所に連れて行かれました。

バリクパパン周辺では石油が産出されます。石油獲得という目的に沿って日本軍はこの地に駐屯したのでしょうが、中曽根元首相が兵士たちのためにつくってやったという慰安所がグヌンマラン慰安所であったかどうかは分かりません。

ナカムラという日本人が、少女たちを集め説明しました。ここに来るご主人様に仕えるように、と。給料も与えられる、と。

最初にスハルティさんの部屋に来たのは、オノという三〇歳過ぎの石油会社の社長でした。現在、大手石油会社となったプルタミラの礎を築いた人です。衣服を脱がされた時、一五歳だったスハルティさんは、何が起ころうとしているのか、まったく想像もつきませんでした。羞恥心と恐れのあまり泣き出したスハルティさんをオノは強引に犯しました。明け方まで、それは繰り返されました。

翌日もオノは来ました。一週間毎日来ました。ナカムラのいう義務は、オノに仕えることなのだと思いました。ところが、オノは一週間過ぎると、ぴたりと来なくなり、大勢の軍人や私服の軍属が来るようになったのです。ナカムラの手下のインドネシア男性が、オノは、サンガサンガに移ったと、話していました。サンガサンガも石油の産出地です。

### ❖密林の中を五〇日間、逃避行

半年経った頃、バリクパパンは激しい空襲に見舞われました。昼も夜も連合軍の爆撃機が空を覆い、町の人が大勢死んだと聞かされました（注3）。空襲が始まって数日後、インドネシア男性がいいました。

「ここは危険だからバンジャルマシンに行く。交通手段はないので、歩いて行く。希望者は申し出るように。二日後に出発するので、準備をしておくように」

スハルティさんは、はたしてバンジャルマシンまで歩いて行けるのか判断できませんでした。仲間も判断できずにいました。けれど、ここを出られれば、一日二、三〇人もの軍人軍属を「慰安」する苦しい生活から抜け出せる、この苦行から抜け出せるなら、どんな艱難辛苦《かんなんしんく》にも耐えられると思ったのです。結局、スラバヤからいっしょに来た一八人は全員バンジャルマシンに向かうことになりました。

バリクパパンに残ったのは、以前からグヌンマラン慰安所にいた人たちでした。彼女たちはきっと、バリクパパンの近隣の村から集められたので、せっかくの慰安所からの解放の機会であっても遠いバンジャルマシンまで行けないのだろうと、スハルティさんは思いました。

ナカムラと三人のインドネシア人男性は残り、警護のため三人の日本兵が同行することになりました。途中、同じ方向に向かう一三人のインドネシア人男性もいっしょになり、一団となって歩きました。

ほとんど道もないような密林の中を毎日ひたすら歩きました。陽が落ちて暗くなると、進めないのでその場で休み、陽が昇ると、また歩き始めます。人の住んでいる集落があれば宿を乞い、食べ物を乞うて休ませてもらい、人家に辿りつけない時は、自生している筍や野草で飢えをしのぎました。一〇日も経つと、病人が出てきました。マラリアに罹《かか》り、ヒルに血を吸われ、身体が衰弱して歩けなくなった人は村の人に頼んでおいていきます。

約一か月が経過した頃、三人の日本兵は知らない間に姿を消していました。インドネシア人男性らはバンジャルマシンへの行き方を知っていました。スハルティさんたちは彼らに従いました。死亡者が出ました。死者の冥福を祈る余裕などありませんでした。自分の命を守れるのは自分だけだと、亡骸《なきがら》を見てスハルティさんは肝に銘じました。インドネシア人男性は、バンジャルマシンに近づいた頃、ひとり欠け、また、ひとり欠け、次第に数が少なくなりました。自分の村に辿りついたのです。

髪は茫々、垢だらけの裸体をさらした一団は、約五〇日かかってようやく目的地に着きました。途中、着替えだけではなく、着ている衣服までも食物と交換したのです。

「ジャワの女たちがバリクパパンから歩いてやってくる」

チカダが管理する慰安所で、その噂はすぐみなに伝わりました。マルディエムさんらは、同じジャワ出身者として、ふっと懐かしさを感じました。と同時に、驚嘆しました。とうてい歩いて移動できる距離ではなかったからです。

到着した一団を見て、さらに驚きました。衰弱しきった彼女らの姿がバリクパパンからの道程の厳しさを語っていました。

マルディエムさんらは、自分の衣服や食べ物を彼女たちに差し出しました。マルディエムさんは、当時、この世界で自分たちは最も穢《けが》れた者だと感じていて、より弱いものへ施《ほどこ》しをすることで穢れを浄《きよ》めることができるような気がしたのです。

バンジャルマシンに辿り着いたのは八人でした。一人が死亡、九人は途中の村に置き去りにして来ました。病気に罹っていたのでそのまま死んでしまったのか、それとも、村の人々に看病され、快復できたのか、その後、誰一人会うことはなかったので分かりません。

スハルティさんは、グヌンマラン慰安所を出れば「イアンフ」としての生活から解放されると思い込んでいたのですが、終着地で待っていたのは同じような生活でした。が、まもなく、日本の敗戦によってそこから解放されました。

## ❇母が受けた苦しみに賠償を

スカブミでは、実に多様な日本軍による性暴力被害者の証言を聞くことになりました。慰安所の「イアンフ」、小部隊が駐屯地周辺の少女たちを連行し、接収家屋などに監禁して継続的に輪姦したケース、単発的な強姦、輪姦、そして、将校宿舎などに拘束され、独占されたチンタ、あるいはニョニャ（奥様）と呼ばれた女性たちです。

スカブミは、ジャカルタから七、八〇キロ離れた高原地帯にあります。途中、ボゴールを通り、車で一時間半くらいかかったでしょうか。オランダの植民地時代は高級避暑地で、広大な敷地を持つふたつのホテルがありました。スラバトゥ・ホテルと、現在でも残っているスリビンタナ・ホテルです。茶やゴム、コーヒーの栽培や湖での養殖業も盛んでした。

スカブミに日本軍が駐屯したのは一九四二年、スラバトゥ通り（現スリケンチャナ通り）に面したキリスト教会の牧師館に倉本部隊の本部がおかれ、教会の学校の校舎が兵舎として使われました。その教会から数軒先のスラバトゥ通りに現在も並んで建っている建物が慰安所にされました。キプロスと呼ばれた慰安所です。キプロスはオランダ語でホテルやレストランを意味します。

▲オランダ時代の広大なスラバトゥ・ホテルを日本軍が接収、使用人の部屋を慰安所にした。二つの塔が残る跡地で同ホテルの写真を掲載した本を見せてくれた少年。

また、スラバトゥ・ホテルの使用人が入っていた棟も慰安所にされました。このホテルは現在、正面玄関の両側に建っていた二つの塔とわずかな壁面が残っています。

グリーンのストール、鮮やかなブルーのクバヤ（膝丈まである長いブラウスとズボンのツーピース）を身につけたムリアティさんは、ローカル・テレビで「日本軍に奉仕した経験のある女性は兵補協会に登録してください」との呼びかけを聞いて、母アロットさん（生年月日不詳。取材当時七〇歳くらい）の被害を兵補協会スカブミ支部に届け出ました。母の反対をおして登録したのは、過去の記憶に苦しむ母の姿を見て、苦しみを抱えたまま一生を終わるのだとしたら、あまりにも母がかわいそうと思ったからだといいます。

「兵補協会が日本軍の性暴力被害者の登録を始めるずっと以前から、日本政府に対して、私は手紙を書きたいと思っていました。日本軍が私の母、祖母、そして、家族を苦しめたことを日本政府に伝えたかったのです。祖母の妹の子は、日本軍政時代、食料がなくて餓死しました。親戚のなかにはロームシャとしてビルマに行ったまま行方不明になってしまった者もいます。日本兵からスパイ視されて、せっけん水をむりやり飲まされた者もいます」

ムリアティさんの現在の住まいのある一帯は、オランダの植民地時代、そして、日本の軍政時代はスラバトゥ・ホテルの敷地でした。現在は市民プール、体育館、退役軍人住宅、一般の民家などがある、その一区画全体がオランダ人が経営していたホテルだったのです。オランダ時代には西ジャワ地方のオランダ人が休暇を過ごすために利用し、日本軍政時代は日本人が利用しました。スカブミの人々にとって、スラバトゥということばは独特の響きをもっていたといいます。「ご主人」とほぼ同義語で使われ、「スラバトゥが来た」といえば、銃剣を構えてやって来るオランダ兵や日本兵を思い描きました。多くの人々が「スラバトゥ」に大きな恐怖心を抱いていたのです。

母アロットさんは当時、スラバトゥから約七キロ離れた北スカブミの茶のプランテーションで働く農業労働者の寮に住んでいました。父親は寮の門番、母親は料理人でした。プランテーションの経営者は、日本軍が入ってくると、オランダ人から日本人に代わりました。両親は引き続き同じ仕事をしていましたが、生活は大きく変化しました。食料がみるみる不足していったのです。日本兵がしばしばやってきて、納屋の食料を持ち去りました。

「お前たちは卵など食べる必要がない」

貴重な卵を日本兵に見つからないように米びつの中に隠しておいたのですが、日本兵は銃剣で米びつの中をつついて探し出すのです。

アロットさんが一八歳の時のことです。日本兵が家に来て、両親にいいました。

「この娘を縫い子として働かせてはどうか」

両親は日本兵を恐れて、「手元においておきたい」といいましたが、聞き入れられませんでした。そして、日本軍駐屯地に近かったスラバトゥ・ホテルの、もとは使用人の部屋として使われていた建物に連れて来られたのです。そこには四〇人くらいの女性がいました。

はじめてアロットさんを犯したのは将校でした。抵抗しましたが、抗しきれませんでした。普段は三、四人が同室で、日本兵が来ると別の部屋に呼ばれます。呼ばれて自分の部屋から出て行かないと、管理人が来てひどい暴行を加えられました。

そこの少女や女性たちは大きな服をあてがわれました。オランダ人が残していった衣服です。それを着せて日本兵は「オランダ、オランダ」と囃《はや》し立てて、少女たちをからかいました。

アロットさんの母親は、茶のプランテーションの料理人を辞め、スラバトゥ・ホテルの料理人になりました。娘のことが心配でならず、近くにいることで娘の苦しみを少しでも和らげたいと思ったのでしょう。

その祖母から、ムリアティさんはアロットさんと同じ境遇にいた少女たちの話を何度か聞いたことがあります。日本兵に毎日毎日犯されて、その苦しみから解放されることなく死んでしまった少女のこと、出産直後に連れて来られ、子宮が回復しないうちに「慰安」を強要され、雑菌が入って化膿し、そのまま放置されたため亡くなった女性のこと……。

「当時は何もかも日本軍に持って行かれてなくなってしまった。着るものもなくなって、みんなゴムと麻袋を着ていたんだよ。ゴムの服は歩くたびに音がしてね。戦争は絶対にしてはいけないね」

祖母はいつも孫たちに、目に涙をいっぱいためて話していました。

一九四五年、インドネシアに再びオランダ勢力が入ってきました。スカブミにはオランダ軍、イギリス軍がインド兵を伴ってやってきました。その直前、日本軍は兵補に手伝わせ、スラバトゥ・ホテルに火をつけました。代々、インドネシアに君臨した支配者が利用してきた広大な敷地に建つホテルは炎上しました。わずかに焼け残った壁面とホールの正面玄関にあったふたつの塔に、オランダ時代の華麗な面影を現在もとどめています。

アロットさんは、戦後から現在に至るまでスラバトゥで暮らしてきました。慰安所にされた建物があった場所は家から歩いて数分のところです。近隣の人は誰も日本の軍政時代、アロットさんがそこにいたことを知りません。アロットさんは、スラバトゥでは最も古い住人だからです。アロットさんは、慰安所にいた頃のことは家族にもめったに話しませんでした。けれど、ごくまれに、ぽつりと断片をもらすことがあります。そんな時には、ムリアティさんには、母の気持が深く沈みこんでいくのが手に取るように分かります。

「母に長い年月にわたって苦しみを課した日本政府は、母が心の平安を得てこの世を去ることができるように、責任をもって賠償してほしい」

と、ムリアティさんは、静かな口調で語りました。

### ❇駐屯地に近い家の三人姉妹がともに被害

被害者の証言からスカブミには少なくとも二つの慰安所があったことは明らかです。慰安所が設置されてもなお、日常的に「現地の女を襲う」兵隊がいたことを証言したのは、ウミ・クルスムさんでした。

当時、一三歳だったウミ・クルスムさんは、倉本部隊が駐屯した教会から歩いて一〇分くらいのところに住み、教会のすぐ近くにある小学校に通っていました。入学が遅れたのでまだ四年生でした。両親は農民で、米や野菜を作っていました。家の周りは、現在は住宅地になっています

◀クラモト部隊が駐屯したミッション・スクールの近くに住んでいて、２人の姉に続いて被害を受けたウミ・クルスムさん。

が、当時は人家もまばらで木々が生い茂り、閑散としていました。

ある夜、八時頃でした。ドアを静かにノックする音がしました。居間でくつろいでいた父がドアを開けると、どやどやっと六人くらいの日本兵が入ってきました。

「この家には女がいるはずだ。女を出せ」

父にそのような意味のことをいいました。一七歳と二〇歳の姉二人は咄嗟に米を蓄えておく裏の物置に逃げました。日本兵は布製の帽子を被り、腰には「サムライ」を着けていました。インドネシアの人々は軍刀や帯剣をサムライと呼んでいたのです。父は最初は抵抗しましたが、数人の日本兵に威嚇され、じりっじりっと後ずさりし、竹でできた廊下も越え、姉二人が息をひそめて身を隠していた物置まで追い詰められました。そして、娘二人が日本兵に連れ出されるのを呆然と見ているより他ありませんでした。母は泣き叫びました。二人の姉は恐ろしさに声さえあげられない様子でふるえながら連れて行かれました。

二人が憔悴しきった姿で帰ってきたのは翌朝でした。以来、姉たちは昼も夜も天井裏に隠れて生活するようになりました。

「女を貸せ」

日本兵は、夜になるとしばしばやって来て、たどたどしいインドネシア語ですごみました。幸いにも、天井裏に隠れていた姉たちは見つからずにすみました。ウミ・クルスムさんは居間のそ

ばの部屋で寝ていました。本人はもちろん、家族の誰も、日本兵が一三歳の少女を犯すために連れ去ることなどまったく想像もできなかったからです。ところが、約一か月後のある夜、ウミ・クルスムさんは起こされました。居間に四人の兵隊が立っていました。兵隊に腕をつかまれ、グイグイと引きずられ、日本軍が使用していたオランダの建物に連れて行かれたのです。

服を脱がされ、下着もはぎとられ、腕をつかんで引きずってきた、がっしりとして背の高い兵隊が最初にウミ・クルスムさんを犯しました。他の兵隊にも代わる代わる犯されました。兵隊たちの目的が果たされた時、恐怖と脱力感と痛みで立ち上がることもできず、地面に突っ伏していました。兵隊たちは「帰れ」というように手で追い払いましたが、動けませんでした。真夜中、二人の兵隊に両腕を抱えられて帰ってきたのです。

倉本部隊が駐屯していた教会に近かったウミ・クルスムさんの家では、三人の姉妹が三人とも日本兵に輪姦されました。近隣の家々でも少女たちが日本兵から被害を受けたという話をウミ・クルスムさんは聞きました。

## ❇こんな身体で敬虔な両親のもとには帰れない

スカブミ周辺の村々でも、強姦目的やイアンフにするために少女たちが連れ去られました。

スカブミから車で約一時間のカンポンチポランカレールに住んでいるテティさん（一九二五年生

まれ）の両親は、敬虔なイスラム教徒でした。子どもの頃、コーランの暗記を怠ったり、金曜日にお祈りをしないととても叱られました。そうした環境で育ったテティさんは、突然、家に来た数人の日本兵にメイドにすると捕らえられ、両親やきょうだいが泣き叫ぶなかトラックに乗せられ、茶工場の建物に連行されて輪姦された時、強い打撃を受けることになりました。

数人に輪姦された後、しばらく放置されていましたが、ひとりの日本兵が、「帰れ」というように手振りしました。しかし、テティさんは、その時、自分で考える力はまったく失せていました。これから先、どうすればよいのか、いや、いま、どうすればよいのかさえ分かりません。自分はどこにいるのだろう。長い時間車で揺られてきたから、帰るにしても道が分かるだろうか、そんな想念がぼんやりとした頭に切れ切れに浮かびました。外はもう真っ暗でした。

意識がはっきりしてくるにつれて、日本兵に凌辱された自分の身体が汚らわしく感じられ、いたたまれなくなりました。穢《けが》れは絶対に、そして、永遠に拭えないような気がしました。こんな身体で敬虔な両親の前に出ることなどできない、救われようのないことが起こってしまったと思ったのです。そして、自暴自棄になり、ここに残ってメイドになる他ないと諦めてしまいました。

ところが、メイドの仕事など与えられませんでした。次の日も、また次の日も、テティさんは日本兵に犯されました。

そこは、パラカンサラックという村でした。茶農園の工場に日本軍は駐屯していました。もと

◀自宅からトラックで連行され、強姦されたとき、テティさんはこんな身体で両親のもとへは帰れないと絶望した。

もと、日本兵は慰安所をつくるためにテティさんを連れてきたのか、それとも、たまたま強姦した少女が帰らなかったことに味をしめたのか、最初はテティさんひとりでしたが、次々に少女が連れ込まれ、その数は一五人になりました。一人ひとり別の部屋に入れられ、外出はいっさい許されませんでした。もし、逃亡しようとすれば、銃で撃たれるだけだと脅されました。

毎日、兵隊は小隊ごとにやって来ました。一日平均三人前後、自分がモノ同然に扱われると身体の中がかさかさに渇き、荒れていくのを感じました。乱暴な兵隊もいました。抵抗すると頬を殴られ、むりやり押し倒されました。殺される、そんな恐怖にとらわれることもしばしばでした。ある日、テティさんは、意を決して部屋を抜け出しました。広い庭を塀に向かって走りました。息が切れて、心臓が痛くなるほど走りました。もっと早くと思うのに、足がもつれました。十分な食事が与えられていなかったので身体が衰弱していたのです。もう少しで塀まで辿りつくというところで見つかってしまいました。

部屋に連れ戻されると、身動きできなくなるほど殴られました。そしてまた、毎日強姦が繰り返されたのです。

一年後、その部隊はバンドンへ移動し、他の少女たちはみな連れて行かれましたが、テティさんはひとり、工場の粗末な建物に残されました。性病にかかっていたからです。

木の実や野草などで飢えをしのぎ、さ迷い歩いて、ようやく鉄道の駅を見つけましたが、家に

は帰れませんでした。ジャカルタの親戚に身を寄せ、三か月かかってようやく気持ちを整理して、両親のもとに帰ったのです。

性病は薬草を使って、民間療法で治しました。

## ❇娘を探したら殺すぞ

スカブミから車で約一時間半、いくつもの峠を越え、ゴム林を過ぎるとウイダニンシさんが住むワルンキヤラ村がありました。

かつて、ウイダニンシさんの家から歩いて三〇分ほどのところに、オランダ人の古い家があり、オランダ人がいなくなってからは、村の人が納屋として使っていました。日本軍は村に来ると同時にその建物を兵舎にしました。

村の人々は、日本軍を非常に恐れ、日本軍について語ることさえ憚《はばか》りました。軍政下で組織された隣組を通じて、スパイ容疑などで密告されることを恐れたからです。遠くに日本兵の姿を見ればなるべくわき道にそれ、やむなく道ですれ違うような時も会釈をし、目を合わせないようにしていました。少しでも関わりあうと厄介なことが起こると感じていたからです。

日本軍の兵舎に近隣の少女たちが連れてこられ、働かされているという噂がありました。どんな仕事をさせられているかは分かりませんでした。

日本軍が村に駐屯して三か月くらい過ぎた頃です。夕方五時頃でした。両親は、ゴム農園で農業労働者として働いていたので、ひとりで留守番をしていると、出入り口の方で物音が聞こえました。誰か来たようなので出てみると、数人の日本兵が出入り口のところに立っていました。

「看護婦として働かないか」

ひとりが、たどたどしいインドネシア語でいいました。小学校を卒業してからずっと家事を手伝っていた数え一六歳のウイダニンシさんは、現金収入を得られるような仕事に就きたいと思っていました。が、それが拒否できない強制であることを日本兵の異様な気配で直感しました。怖くて、声を発することもできず、その場から逃げ出すことなど考えも及ばず、蛇ににらまれた蛙のように、数人の日本兵に囲まれ、家から少し離れた道に止めてあったトラックのほうに歩いていったのです。仮に抵抗したとしても、数人の日本兵の囲いの中から逃げ出すことなどできなかったでしょう。

目隠しされ、トラックで連れて行かれたのは、あのオランダ時代からあった古い建物でした。部屋に入れられた途端、身体を押さえつけられ、革の長靴を履いた軍人に犯されました。家から連れて来るとき、指揮をとっていた軍人で、後にタナベという名であることが分かりました。他の日本兵も次々にタナベの後に続きました。

古い建物でしたが、白い漆喰《しっくい》の壁に腰板を巡らした瀟洒《しょうしゃ》な部屋でした。そこには見たことのな

◀ウイダニンシさんが日本兵に拉致されて後、家族は娘を探すと殺すぞと脅されていた。

い六人の少女がいました。他の村から連れられて来たのです。

仕事は軍人の看護などではなく、翌日も、そして、それからほぼ毎日、その古い建物にやってくる日本兵に強姦されました。

性病検査は週に一回、食事は当番兵が運んで来ました。そこに来る日本兵が料金を払っている様子はなく、ウイダニンシさんに金銭が直接渡されることもありませんでした。庭に出ることさえ禁じられて輪姦され続けたのです。そこは慰安所というよりも、中国でもみられた、小部隊がつくった強姦所の類だったでしょう。

日本兵に対して従順でなかったウイダニンシさんは、少女たちの中で最もひどい扱いを受けました。兵隊が部屋に入ってくると、「出て行け」とののしり、そのたびに顔が腫れあがるほど殴られました。態度が悪い、奉仕を怠ったと食事を与えられない日が続きました。剣を抜いて「刺し殺すぞ」と、脅す兵隊もいました。喉もとに軍刀の切っ先を突きつけ、無理な体位を強要する軍人もいました。生命の危険を感じることはたびたびでした。殺される恐怖以上に犯されることが苦痛でした。

四か月後、部隊が移動になり、少女たちもボゴールに連れて行かれました。

ボゴールでは、日本軍はオランダ軍が使用していた基地に駐屯していました。慰安所には前から一四人の女性がおり、ワルンキヤラ村から来た六人が加わりました。一年後、ウイダニンシさ

んら四人がバンドンに移されました。そこももとはオランダ軍の広大な基地でした。

日本の敗戦で慰安所から解放されても、うれしくはありませんでした。異常な頻度で日本兵に蹂躙《じゅうりん》された自分の身体が呪《のろ》わしく、恥ずかしく、両親のいる村へ帰れませんでした。結婚して店を商《あきな》っていた姉がバンドンにいたので、七キロ歩いて姉のもとに行き、働かせてもらいました。

家に帰ったのは、それから五年後です。四年間にわたるオランダ軍との独立戦争でインドネシア軍は勝利をおさめ、新しい国家として歩み始めていました。

ウイダニンシさんは、両親に自分が日本軍に何をされたか、包み隠さず話しました。突然、いなくなった娘を両親は探しました。村に広まっていた噂から娘の不運を打ち消せずにいた両親は、

「娘を探すのはやめろ。探したら殺すぞ」

日本兵からそう脅されていたのです。

父は、どこにもぶつけようのない怒りを数年ぶりに帰ってきた娘にぶつけました。ウイダニンシさんが日本軍から受けた被害は、日本軍の残虐性を知っていた父の想像をはるかに超えていました。父は失意のあまりふさぎこむ日が多くなり、健康を損ない、一年後に他界しました。父の死は、自分の身に起こった不運が原因だと、ウイダニンシさんは語りました。

その後、ウイダニンシさんはバンドンの男性と結婚しました。夫は一八年前に亡くなりましたが、日本軍から受けた屈辱を夫に明かすことはついにできませんでした。子どもにも話せなかっ

たのです。

忌々《いまいま》しい記憶を胸の奥深くに封印して、長い年月を過ごしてきました。が、体調が悪く床についているような時、遠い日のおぞましい出来事が、堰《せき》を切ったように鮮明に蘇《よみがえ》ってきます。心身に刻み込まれた不快感、嫌悪感までもがまざまざと蘇り、身体の不調と相まって、どうにもしようのない状態へと引きずりこまれてしまうのです。

## ※慰安所から帰されて知った父の死

一九四二年三月、バンドンからオランダ軍が撤退すると、日本軍はチマヒにあった広大なオランダ軍の基地をそのまま使用しました。現在はインドネシア軍基地になっているその周辺を兵補協会西ジャワ支部長のヘリさんがスハナさんといっしょに案内してくれました。

ヘリさんは、ジャカルタにある兵補協会本部ではじめて会った時、日本軍に従軍し、フィリピン戦線で受けたという頭部の傷を見せてくれました。日本軍の補助兵として何度も生命の危険に晒《さら》されたといいます。兵補の多くは、日本の敗戦後、人民治安団（ＲＫＢ）として独立戦争を戦い、インドネシア軍に組み込まれました。ヘリさんもそのひとりです。

チマヒのシンパン通りにグドゥン・ドゥラパン（八つの館）と呼ばれていた将校用住宅がありました。インドネシア軍将校として住んだこともあるというヘリさんにとっては馴染み深い一帯で

▲バンドンにある兵補協会西ジャワ支部に集まった日本軍性暴力被害者と元兵補。

す。現在もオランダ植民地時代の瀟洒な外観を残しています。その八棟の将校用住宅を、日本軍は慰安所として使用しました。スハナさんは、数え一六歳の時からその四番目の館に一年半とらわれていました。

無数の島からなるインドネシアで最も人口の多いのはジャワ島です。その守備軍である第一六軍は第二師団が西ジャワを、第四八師団が東ジャワを守備しました。第二師団の司令部はバンドンにありました。ジャワは南方軍の総兵站《へいたん》基地、つまり、人的、物的資源の補給基地として位置づけられていましたが、バンドンには第一六軍野戦補給諸廠《しょしょう》の支廠があり、南方軍全般に対する軍需品の調達、製造、補給をしていました。南方軍直轄の南方軍野戦造兵廠《ぞうへいしょう》もあり、南方軍全域の兵器の修理、製造も行っていました。チマヒには貨物廠があり、軍需品や兵器を南方軍全域に補給する重要な役割をはたしていたのです。

スハナさんの両親は、チマヒの市場で野菜を売る露天商でした。

両親がいつものように市場に出かけ、スハナさんが家の前で一人で遊んでいると、数人の兵隊が来て、突然腕をつかまれました。あまりにも突然のことで、無我夢中でもがくと、顔を殴られ、むりやり車に乗せられました。兵隊は銃を持っていたので、私は殺される、これからその場所に連れて行かれるのだ、と恐怖に慄《おのの》いていました。

ところが、連れて行かれたのは、家から歩けば三〇分ほどのシンパン通りの立派な建物で、大勢の少女たちがいる部屋に入れられました。

そこには長くインドネシアに在住していた三人の中国人がいました。女性の料理人、雑用をする男性もいました。毎週土曜日に必ず軍人が来て、三人の中国人に指示をしていました。憲兵も見回りに来ました。

三つのベッドがある部屋が三部屋あり、中国人に呼ばれると、少女たちはその部屋に行かなければなりません。カーテンの仕切りもない三つのベッドで少女たちは日本兵に犯されました。スハナさんは、他の少女たちが自分と同じような目にあっている中で周りを見ることができず、いつも目を覆っていました。何度も抵抗して、その度に殴られました。

時々、将校の「慰安」をするために呼び出されることがありました。迎えに来た車で将校宿舎に向かったのです。三人の将校がかわるがわるスハナさんを呼び出しました。

毎週土曜日に来ていた軍人の命令で、慰安所はカリダム通りに移されることになりました。日本軍駐屯地の外れの、五メートルほどの幅の川に沿ったカリダム通りにも将校用住宅が並んでいました。「八つの館」に比べると、一棟あたりの敷地面積は狭いのですが、住宅の数はずっと多い、その一軒に移動したのです。

イケダという軍人が、しばしばスハナさんを指名して来ていました。決して衛生サックを使おうとせず、いつも無理な体位を強要しました。スハナさんがためらうと、ビンタが飛んできまし

▶日本軍はバンドンにあったオランダ軍の広大な基地をそのまま使用。父親は突然姿を消したスハナさんを探しにきて、憲兵隊本部の近くで娘を返してくれと日本兵に懇願し、殺された。８棟並んで建つ将校宿舎が慰安所にされた。かつて自分が被害を受けた建物の前で。現在はインドネシア軍の将校宿舎。

▲同様に慰安所にされた将校宿舎。

た。顔が腫れあがるほど強く打たれました。出血が始まったのは、イケダに子宮を傷つけられたのが原因でした。異常な量の出血でしたが、「ヤスミ」の扱いになっただけで、治療はされず放置されました。

「使い物にならないから、帰っていいぞ」

中国人にそういわれたのは、だいぶ日数が経ってからです。叔母がその理由を説明してくれました。

一年半ぶりに帰ると、家は空き家になっていました。叔母がその理由を説明してくれました。父は、町内で囁かれていた噂を耳にし、スハナさんを探しに日本軍の駐屯地に行ったのです。憲兵隊にも行ったようです。父が軍人に懇願している姿を、市場で野菜などを売る何人もの仕事仲間が見ていました。何度、振り払われても、父は軍人に食い下がりました。軍人は軍刀を抜き、逃げようとする父の背を切りつけました。父は、「娘を返してくれ」と、最後まで訴え、路上に倒れました。遺体は、近所の人たちが家まで運んできてくれたそうです。

スハナさんにはきょうだいはいません。母は、一人娘が突然行方不明になり、さらに夫が日本兵に殺され、あまりの衝撃に寝込んでしまい、その後、病死したということです。

両親の死、ことに父が自分を探しに来て、「八つの館」の近くで殺されたことを知って、スハナさんは精神錯乱に陥りました。出血は続いていました。叔母が見かね、叔父がスハナさんを病院に連れて行きました。傷が化膿しており、開腹手術で子宮が摘出されました。手術費は、両親が残した家を売り払い、その代金をあてました。

精神錯乱状態が長い間続いたけれど、精神病にならなかったこと、子宮が化膿し、生命の危機に晒《さら》されたけれど、死なずにすんだこと、それがせめて幸運だったとスハナさんは語りました。

語り終えて、私の手をとり、部屋の隅に行って、服をたくしあげ、手術痕を見せ、写真を撮れとゼスチャーしました。あまりにも無残なその傷痕を、私は咄嗟にどのように撮ればよいのか判断できず、たった一回シャッターを押しただけです。

スハナさんと同じ慰安所にいたエミィさん、エマさん、オモさんの証言も聞きました。

四人とも、日本軍撤退後、独身生活を続けてきました。結婚話がもちあがっても、その都度、「日本の女」だったという噂が相手に伝わって、破談になったのです。被害者であったにもかかわらず、それは苛酷な烙印でした。たとえば、エミィさんの場合、日本の敗戦となって慰安所から解放され、帰ると、自分の家が焼失していました。病気だった父親が日本軍に脅され、エミィさんは慰安所に連行されたのに、「日本の女」になったことで日本に協力した家とみなされ、反日的なインドネシア人の手で焼かれたのです。

## ✽〝チンタ〟と呼ばれた将校の現地妻

「日本の女」という烙印に苦しめられた女性たちが他にも数多くいました。将校の現地妻とされた〝チンタ〟と呼ばれた女性たちです。

ドリス・スマンポーさんの父はオランダ軍の下士官だったので、オランダ時代はその年金で暮らしていました。オランダの学校に通い、両親にかわいがられて、当時のインドネシアでは裕福な家庭で少女時代を過ごしました。

学校を卒業してまもない頃、確か一九四四年のことです。馬に跨《またが》った日本の軍人がしばしば家の庭先に現れて、じっとドリスさんを見つめていることがありました。何回もそうしたことがあったので、ドリスさんはその軍人の顔を覚えていました。

ある夜、その軍人がひとりで家に来ました。そして、唐突に娘を連れてゆくと両親に告げました。もし従わなければ、両親が殺される、そんな危機感を抱き、ドリスさんは軍人についていったのです。一七歳でした。

スカブミのブヌン通り沿いに建っていた大きな家に連れて行かれ、妻の役割をはたすようにといわれました。その軍人カナガワは中尉でした。カナガワの当番兵であるマチダという日本兵と三人で暮らす生活が始まったのです。他の日本兵には近づかないようにと注意されました。カナガワは昼間は仕事に出かけましたが、マチダは家に残り、カナガワの衣類の洗濯などをしていました。ドリスさんは外出を禁じられ、買い物など用事がある時は必ずマチダが同行しました。母に会いたいと思いましたが、マチダが監視していたのでその家から逃げることはできませんでした。たとえ、逃げ出したとしても、自分の家を知られているのでまた連れ戻されるだけと諦めていました。

カナガワは四五歳くらいに見えました。軍服を着て革の長靴を履き、サムライ（軍刀）を提《さ》げ、拳銃を持っていました。肩には星三つの肩章をつけていました。名前はただカナガワとだけでフルネームも出身地も教わっていません。「妻」というにはほど遠い、まったくの無権利状態でその家に軟禁されていたのです。カナガワは仕事で忙しそうにしていました。

ドリスさんは妊娠しました。それを知ると、カナガワは家に寄りつかなくなりました。はじめから抵抗不可能な状態でその家に連れて来られたのですが、改めて自分の立場を思い知らされ、深い憤りが噴《ふ》きあがってきました。医師の診断を受けて妊娠が確実となった時、なんとしても胎内の生命を消したいと思いました。けれど、医師は若い時の中絶は、後々身体に悪い影響を及ぼすと、認めませんでした。

妊娠四か月目、カナガワはまったく姿を見せなくなったので、マチダの許可を得て両親のもとに帰りました。そして、一九四五年七月一七日、大きな不安を抱えたまま出産したのです。

はじめて赤ん坊の顔を見た時のことを、ドリスさんはただ、

「悲しかった」

と、一言いっただけで口をつぐみました。

▲エディさんの父親はカナガワという日本軍将校。エディさんはカナガワに会いたいと語り、ドリス・スマンポーさんは会いたくないときっぱり否定した。
◀エディさんを抱いたドリス・スマンポーさん。美しい女性がねらわれたことがよくわかる。

生活は困窮しました。金持ちの家の洗濯の注文を受けるなどの仕事でわずかな収入を得ました。息子のエディさんが学校へ通うようになっても、服はたった一着しかなく、雨に濡れるとランプで乾かし、翌日、まだ乾いていない冷たい服を着せなければならないことがたびたびありました。

エディさんが父親について、意外な事実を知ったのは小学校へ上がる少し前です。

「なぜ、家にはお父さんがいないの?」

「僕のお父さんはどこにいるの?」

こんなエディさんの疑問に答えたのは祖母でした。父親はインドネシア人でなく日本人で、キャプテン・カナガワという階級の高い軍人で、革の長靴を履いて、サムライ（軍刀）を持ち、馬に乗っていたこと、遠くのほうから馬に跨ったカナガワが来ると、誰もが道をあけ、通り過ぎるまで道端で頭を下げていた様子などを語って聞かせてくれたのです。幼かったエディさんは、父親が階級の高い軍人であったことが誇らしく思えました。

小学校に上がると、クラスの多くの男子生徒に「日本の子」といわれ、いじめられました。エディさんはどれほどいじめられても母のために我慢しました。自分が「日本の子」であることを理由にいじめられていることを知ったら、母がどれほど苦しむか、よく分かっていたからです。母は日本人を嫌っていました。殊に、キャプテン・カナガワにまつわる話はタブーでした。幼い頃、母に父のことを聞いたことがあります。途端に母は激昂し、怒りはなかなかおさまりませんでした。なぜ母が怒るのか、理由は分かりませんでしたが、あまりの怒りの激しさに、父のことは決して母に聞いてはならないと感じたのです。

いじめられて、どうしても我慢できず、祖母に訴えたことがありました。祖母は、どんなことをいわれようとも耳に入れないで無視するようにと慰めてくれました。祖母は、インドネシアの人々に対する日本軍の横暴を目の当たりに見てきました。何よりも、娘を日本の軍人に連れ去られるという被害を祖母自身が負っていたのです。どこにもぶつけようのない憤りを祖母も抑え、娘の辛苦に心を痛めてきました。被害はさらに孫にまで及んでいたのです。

折々に祖母はエディさんに、どれほど日本軍がインドネシアの人々にひどいことをしたかを語り聞かせました。階級の高い軍人が道を通る時、頭を下げないと殴られました。命令に従わなかったという理由で、スカブミの人が日本の軍人に銃で撃たれたのを祖母は実際に見ていました。日本軍あるいは日本政府に向けられるべき怒りが子どもを通して「日本人の子」であるエディさんにぶつけられていたのです。そのことを祖母はよく知っていました。無視する以外、いじめから孫の身を守る方法を祖母は思いつかなかったのです。

母が、子どものいるインドネシア人男性と結婚したのは、エディさんが一〇歳のときでした。祖母の家にいた時より暮らし向きはよくなり、食事を充分食べられるようになりました。新しい父は母を愛し、エディさんのこともかわいがってくれました。エディさんは、それまでの習慣もあり、祖母の家と行ったり来たりして暮らしました。新しい父と母との間には五人の子が生まれました。

現在、ドリスさんは、夫の連れ子である息子とボゴールで暮らしています。自分の子どもたちよりその息子が経済力があるからです。夫はすでに他界しました。

エディさんは、父がもし生きているなら会いたい、といいました。

ドリスさんは、同行したテレビのインタビュアーから同じ質問をされて、きっぱりと「会いたくない」と硬い表情で答えました。長い年月、カナガワにまつわるあらゆることがらを拒絶してきた姿勢を、微塵も崩してはいなかったのです。

チンタと呼ばれた女性たちの証言は他にも数多く聞きました。

サイダさんは、村の区長だった父のもとに地元の情報を得るためにしばしば来ていた軍人ミナトに現地妻になることを強要され、将校宿舎の裏庭以外には一歩も外に出ることを許されず拘束されていました。シティネンイジョさんは、家を出てから一か月もかかってボルネオ（現カリマンタン）のサンガサンガの慰安所に連行され、二年間の「イアンフ」生活を経た後、慰安所の運営に関わっていたヨシタニ班長が営外居住していた家に一緒に住むようになりました。天井の高いしっかりしたその家には軍医であるドクトル・カワムラ、軍の会計課長も住んでいましたが、そ

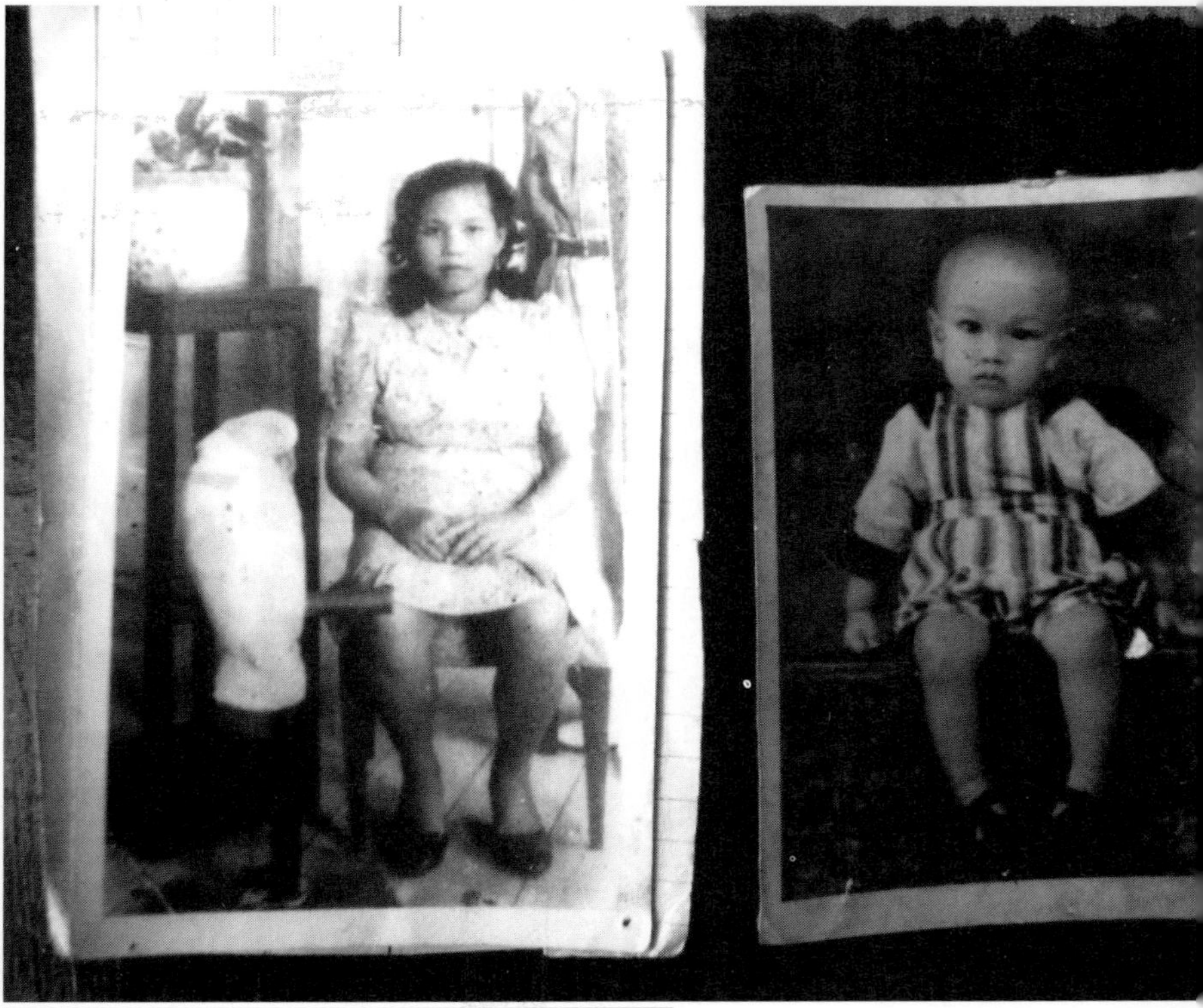

▲妊娠中のシティネンイジョさんと息子のスギャントさん。背後にヨシタニ班長のズボンが見える。日本の敗戦後、日本軍とのかかわりを消すためヨシタニの上半身の部分は切り取った。
▶シティネンイジョさんは一人でスギャントさんを育て、現在はその家族とともに暮らす。

れぞれにニョニャ（奥様）と呼ばれる女性を一緒に住まわせていました。

オリソさんは茶農園で働いている時、車で来た軍人に家に連れて行かれ、五か月間監禁され、強姦され続けた後、慰安所に入れられました。サイダさんもシティネンイジョさんも軍人の子を出産しました。日本の敗戦後、一気に噴き出した反日感情が渦巻くなかで、写真など日本軍と関わりがあったことを示す品々を土に埋めたのは、チンタ、あるいはニョニャと呼ばれた女性たちの共通した経験でした。


注1．例外として、ジャワ島にあったアンバラワ収容所からセマラン郊外に連行され「慰安婦」にされたオランダ女性ジャンヌ・オヘルネさんは、一九九二年一二月九日、東京で行われた「日本の戦後補償に関する国際公聴会」で証言、『世界に問われる日本の戦後処理』（東方出版）に収められている。なお、オランダの女性を「慰安婦」にしたことは、一九四八年二月一四日、バタビア臨時軍法会議で戦争犯罪として裁かれ、元日本軍人である被告九人に対し禁固二年から死刑の有罪判決が下されている。

注2．マルディエムさんの証言はブディ・ハルトノ、ダダン・ジュリアンタラ著／宮本謙介訳『インドネシア従軍慰安婦の記録』（かもがわ出版）に収められている。

注3．東カリマンタンのバリクパパン周辺の産油地域は、四五年六月には連合軍が掌握した。スハルティさんらグヌンマラン慰安所の一八人の女性がバンジャルマシンへ移動するのはこの頃と推測される。

# Ⅶ　サイパン帰りのたま子さん

## ❇ラバウルとグアムの慰安所

一九七七年一二月から、私は、ペ・ポンギさんの証言を聞き始めたのですが、その頃、沖縄でもうひとりの「慰安婦」だった女性の話を聞いていました。和宇慶《わうけ》たま子さんです。本人は「猫の名前みたいでいやだねえ」といっていましたが、たま子という名前がぴったりの小柄でかわいらしいおばあさんでした。

たま子さんは、少女時代は横浜の紡績工場で働き、一七、八歳の時に、父親が前借金を受け、軍港のあった横須賀の花街《はなまち》へ行きました。その後、茨城県の航空基地のあった町、永井荷風の『墨東綺譚《ぼくとうきたん》』に描かれた玉の井《い》、そして、亀戸《かめいど》などの遊廓を転々とした後、テニアンに渡ったのです。さらに、太平洋に浮かぶ島々を移動しました。

かつて、南洋群島と呼ばれたマリアナ諸島、カロリン諸島、マーシャル諸島は、一九一九年、ベルサイユ条約で日本の委任統治領となり、二二年四月に行政庁である南洋庁を設置し、四五年八月まで日本が統治しました。サイパン、ヤップ、パラオ、トラック、ポナペ、ヤルートの各島に支庁をおき、パラオ島にあった南洋庁がこれらを統轄しました。日本に最も近いサイパン島は最も大きな島で、テニアン島とともに土地が平坦でサトウキビの栽培に適し、製糖業が盛んでした。パラオ本島の属島コロール島は日本統治時代は群島の政治、文化の中心地でした。三九年一二月末日現在の南洋群島の人口は島民が五万一七二三人、日本人が七万七二五七人、外国人が一二四人でした。

もと南洋興発株式会社の社員だった方に見せてもらった「昭和13年～16年のテニアン町中心部」の地図（注1）を見ると、東のはずれに「初音」「みはらし」「照月」などの名が並び、その辺一帯が花街であったことが一見して分かります。ひときわ広い面積の「事務所療養所」はそれらの店の組合事務所で、週一回の性病検査とその治療が行われていました。たま子さんが行った「松島楼」の名も「バー黒猫」「バッカス」の隣に見られます。

「松島楼」の経営者は沖縄の内間という人でした。テニアンには沖縄からサトウキビ農民や漁民が多数出稼ぎに来ていました。サトウキビは国策会社であった南洋興発に集められ、漁民は、かつお漁に従事し、かつお節を製造したのです。

たま子さんは、テニアンの松島楼から他の島にたびたび移動することになりました。最初に行ったのは、トラック島の「見晴らし」です。が、まもなく、松島楼に戻りました。軍の慰安所に行くことになったのは、松島楼に戻っていた時です。警察に指名され、同業者らに万歳三唱されての出発になりました。船にはテニアンとサイパンから集められた女性約五〇人が乗っていました。行く先は軍の機密だということで教えられませんでした。目的地に着くと、空襲が激しくて船は港に接岸できず、夜になって、あたりが静かになってようやく下船できたのです。そこがラバウルだと分かったのは、空襲で半壊した暗い建物のなかで配給されたおにぎりを食べ、少し落ち着いてからでした。

ラバウルには、陸軍用と海軍用の慰安所が計四〇軒もあり、約二〇〇〇人の「慰安婦」がいたといわれます。たま子さんは陸軍慰安所に入れられました。

ラバウルからテニアンに戻ると、またすぐにグアムの将校用の倶楽部に行くよう指示されました。たま子さんは、借金はもう抜けていたのですが、将校用の倶楽部では一日に相手にする数が少なくてあまり稼げないと思い、また、テニアンの松島楼に戻りました。そして、ほどなく、サイパンの明星楼に移ったのです。明星楼の主、内間は松島楼の主ときょうだいでした。「サイパン島ガラパン市街地図」（注2）にも、南廓、北廓と呼ばれた遊廓が町の南北に見られます。

## ＊日本軍がほぼ全滅したサイパンを生き延びて

サイパンでは一九四四年六月一一日、空襲が始まり、一三日には艦砲射撃が加わり、一五日、米軍が上陸しました。日本軍は「あ」号作戦を展開しましたが、一九、二〇日の二日間で空母三隻と三九五機の航空機を失い、壊滅的な打撃を受けました。二四日、大本営はサイパン放棄を決定します。このことは現地軍には知らされず、救援を信じて強い抵抗が続けられました。七月六日、陸、海軍の両指揮官が自決、七日、八日、最後の総攻撃が行われ、その二日間で約四〇〇〇人が死亡したといわれます。島の北端に追い詰められた民間人は、手榴弾《しゅりゅうだん》で「自決」したり、一五〇メートルの断崖から海へ身を投じました。陸海軍四万三六八二人のうち四万一二四四人が戦死し、民間人も一九四三年には約四万人が在住していましたが、約一万人が死亡したと推計されています。捕虜になったのは一〇〇〇人に過ぎませんでした。

日本軍には、「生きて虜囚《りょしゅう》の辱《はずかし》めを受けず」という戦陣訓《せんじんくん》がありました。米軍に投降しようとする民間人が「恥を知れ」などと日本兵に制止された場面が多々あり、捕虜になるなという戦陣訓は民間人の自決者をも多く出す結果を生みました。

たま子さんは、激しい空襲と艦砲射撃が繰り返され、水も食料もなく、民間人の「集団自決」、飛び降り自殺、入水自殺が相次ぐなか、生き延びました。

そして、米軍に収容され、沖縄出身の男性とともに引き揚げ船に乗ったのです。その男性は、沖縄も「玉砕」したから家族は死んだものと思い、たま子さんと一緒に暮らすつもりでした。ところが、妻も子どもも生きていました。たま子さんは、一時、その家族と一緒に掘立小屋に住みましたが、長く暮らせるはずはありません。そこを出て、焼け跡をさ迷い、米兵や沖縄の男性に身を売りました。そのうち、農家の一室を借りることができました。駄賃《だちん》をあげると、子どもが米兵を連れてきました。当時、「プスプスいるか」と、米兵は女を探してうろうろしていました。

それからしばらくして、たま子さんは、三〇歳年上の老いた農民と暮らすようになりました。

◀写真を撮りたいというと、たま子さんはたんすの中に大事にしまわれていたチマ・チョゴリに着替えた。朝鮮総連沖縄県支部から贈られたたま子さんのたった一枚の晴れ着だ。１９７８年

### ❇たま子さんは朝鮮人？　それとも日本人？

実は、「たま子」は本名かどうか分かりません。というのは、朝鮮人か日本人か分からなかったからです。

たま子さんは、沖縄のサイパンからの引揚者が大勢住んでいる地域で暮らしていました。その地域の人々はたま子さんを朝鮮人と見ていました。朝鮮総連沖縄県支部は、当初、朝鮮人としてたま子さんに接していましたが、私が訪ねた頃は、朝鮮人ではないと判断していました。理由はふたつあります。たま子さんは、一九〇八年横浜で生まれたことになっていますが、在日朝鮮人の人口が増えるのは一九一〇年の日韓併合後です。それ以前に日本に来たのは留学生など知識層で、ごく少数でした。一九〇九年には七九〇人に過ぎません。朝鮮人であるなら出稼ぎ労働者だったと思われるたま子さんの両親が日韓併合前に日本に来た可能性はきわめて低いでしょう。また、たま子さんが横浜で生まれ育ったにしても、朝鮮民族としてなんらか親から継いだことばや生活習慣などがあるはずですが、それがまったく見られないというのです。

ところが、市役所の戸籍簿にはたま子さんは朝鮮人として登録されていました。沖縄では戦災で焼失した戸籍簿を、戦後届け出によって作成した地域が少なくありません。サイパンから沖縄出身者とともに引き揚げてきた、ほとんど文字の読めないたま子さんの戸籍は、戦後の混乱の中で作成されたに違いありません。たま子さんの戸籍簿に記されていた記録をもとに、横浜市役所に問い合わせると、戦前でも、そこに記載されていた地名はなかったことが分かりました。

私は、朝鮮総連の人の判断に従って、たま子さんの証言を日本人として聞いていました。ところが、一九八八年一二月九日号の『朝日ジャーナル』に、朝鮮人「慰安婦」として紹介されたのです。それで、沖縄に行った際、そのことを確かめようと、たま子さんの家を訪ねたのですが、雨戸が閉められていました。近所の人に聞くと入院しているということでしたが、教えられた病院にもいなくて、転院先の病院でようやく一〇年ぶりにたま子さんに会えたのです。たま子さんの名札がかけられたベッドには、幼い子どもでも寝ているのかと思われるくらいの膨《ふく》らみしかありませんでした。シーツを頭までかぶって寝ていたたま子さんは、声をかけると、シーツからずいぶん小さくなってしまった顔を出し、

「ああ、カレーライス作ってくれたことあったよねえ」

と、力なくいいました。胃癌でした。私はその姿に胸がつまり、周囲に人がいたこともあって、問いを発することができませんでした。一か月後、また、沖縄に行って、病院に連絡すると、その前日に死亡したと告げられました。

それから数年して、長野県で行われたシンポジウムで沖縄県選出の国会議員照屋寛徳《てるやかんとく》さんに会う機会がありました。照屋さんには、たま子さんの生前、ある集会で顔を合わせ、たま子さんは

朝鮮人だと聞いたことがありました。再び同じことを尋ねると、こんな話をしてくれました。

照屋さんは、たま子さんの家の近くで生まれ育ちました。その地域には、サイパンからの引揚者が数多く暮らしていました。子どもの頃、しばしば、たま子さんが悪童たちから「朝鮮人、朝鮮人」と囃《はや》されていたのを目にしたことがあるそうです。周囲の大人たちも誰もがたま子さんを朝鮮人として接していたというのです。

私は、照屋さんの話を聞いてから、たま子さんは朝鮮人だったかもしれないと思うようになりました。けれど、朝鮮人だと断定することもできません。朝鮮総連のふたりの金さんのことばを待つまでもなく、たま子さんが遊廓に入る前の証言は、横浜で育った貧しい家庭の日本の少女像でした。もし、朝鮮人だとしたら、たま子さんは、ことばも日常の生活も、まるで朝鮮的な習慣は失ってしまったということになります。もし、日本人だとすれば、朝鮮人だと間違われていたことになります。おそらく、「慰安婦」だったから、朝鮮人と見なされ差別されたのでしょう。

どちらにしても、たま子さんが、歴史の深いひずみを負ったまま人生を終えてしまったことに違いはありません。


注1．「**昭和13～16年のテニアン町中心部**」の地図。拙著『皇軍慰安所の女たち』三八ページ参照。

注2．「**サイパン島ガラパン市街地図**」。同著五六ページ参照。

# Ⅷ　宋神道《ソンシンド》さんの裁判

## ❇受けられなかった引き揚げ者給付金

宋神道《ソンシンド》さんはいま、六畳と四畳半の小さな借家に住んでいます。南に面した六畳のこたつのある部屋には、半間ほどの押入れを利用して、戦後いっしょに暮らしていた金在根さんの仏壇がしつらえられ、花を欠かしたことがありません。仏壇の上の壁には金さんの写真がちょうど宋さんを見守るような角度で飾られています。謹厳実直そうな、そして優しそうな痩せた男性です。同じ部屋の壁に、町長から金さんへ贈られた感謝状も飾られています。「昭和四六年九月三〇日付で、「失業対策事業に就労し各方面にわたりその基盤整備等に努力された功労誠に大であります」と記されています。

金さんは、戦後しばらくして失業対策事業に就くようになりました。日給が二四〇円だったことからニコヨンと呼ばれた土木作業などの肉体労働です。金さんは体があまり丈夫ではなく、失対事業では収入も不安定でした。宋さんは生活費を稼ぐために飲み屋で働きました。

金さんは、達筆で相当に学歴もあったようで、周囲の人からは、日本人であれば役場に勤めたり、学校の先生になっただろうとよくいわれました。戦後、長い間、日本生まれの日本育ちでどれほど学歴と能力があっても、朝鮮人は就職できない時代が続きました。そのため多くの在日韓国・朝鮮人が不利益を受けましたが、金さんもそのひとりでした。

「昭和四六年」つまり、一九七一年といえば、金さんは六六歳です。そんな年まで失対事業の重労働に従事していたのです。日本国籍の者だけに受給資格のある国民年金法は一九六〇年に施行され、日本人は六五歳から老齢年金が受給できましたが、金さんは受給できませんでした。また、一九六五年以前は、在日韓国・朝鮮人は国民健康保険への加入資格がありませんでした。老齢年金も受給できず、病気になっても保険を使えない、そんな暮らしをしていたのです。

金さんと宋さんは、一九七二年一一月から生活保護を受けるようになりました。

金さんは一九八二年二月一七日、肺がんで亡くなりました。七七歳でした。

宋さんは、一九八五年頃、引揚者に対する給付金を受給したいと思い、知り合いの女性に頼んで手紙を書いてもらい、役場に持っていきました。生活保護で暮らすようになってから肩身の狭い思いを何度もしていたからです。その手紙にはこう書かれています。

《生活保護で役場からの手当で生活し、世間からはもらって食ってるのにぜいたくだの、何のといわれ、精神的に毎日の生活が疲れます。同じ国からもらうにしても、恩給とか年金とかの形なら世間の人に白い目で見られないと思いますので、引揚げ証明書がなくとも、また、証人がいなくても何らかの形で保障された生活がしたいのです。》

近隣を見回すと、軍人恩給や遺族年金を受けている人が何人もいます。宋さんには、「御国のため」だといわれて戦地に行って、人間として女性として、これ以上ないような辛い思いをしたのだから、恩給や引揚げ給付金を受けて暮らしたい、世間から「人の税金をもらって食ってる」などと白い目で見られたくないという切実な思いがあったのです。

しかし、一九五七年の引揚者給付金等支給法では、「昭和三二年四月一日において日本の国籍を有する者」、一九六七年の引揚者などに対する特別交付金の支給に関する法律では、「昭和四二年八月一日において日本の国籍を有する者」という国籍条項があります。韓国籍である宋さんは、引揚者給付金も、特別交付金も、たとえ、引揚証明書があったとしても、受給できなかったのです。宋さんは、そんな法律があることは知りませんでした。

## ❇宋さんが受けた被害を金銭に換算すると

宋さんは、一九九三年四月五日、国に謝罪を求めて東京地方裁判所に提訴しました。フィリピンの被害者四六人の提訴の三日後、いわゆる「慰安婦」裁判としては四件目でした。私にとっては、はじめて宋さんの証言を聞き始めてからちょうど一年目、感慨深く、そして、緊張してその日を迎えました。

これまでに日本の裁判所に日本軍性暴力被害者が提訴した訴訟は九件あります。韓国、フィリピン、オランダ、中国、台湾など、原告はいずれも海外の被害者です。日本国内からの提訴は宋さんひとりです。他の原告は三〇〇万円から一億一〇〇〇万円の補償を求めています。宋さんは、提訴した当初は国会での公式謝罪と原告への謝罪文の交付だけを請求しました。補償に関しては被告である国自らが主体的に行うべきと主張したのです。宋さんが受けた被害はあまりにも甚大で算定不可能だったからでもありました。

しかし、東京地裁から「金銭賠償が日本の法律の原則、謝罪を求めるだけでは請求として成り立たない」として、請求に金員請求を加えるよう指示されました。そのため、一億二〇〇〇万円を請求の趣旨に加えました。

弁護団は、宋さんが一六歳のときから中国で七年間受けた被害をあえて金銭に換算するという作業に取り組みました。

① 性的自由を侵害され性的奴隷とされた損害
② 人身の自由を奪われた損害
③ 戦地に同行を強要され、生命の危険にさらされた損害
④ 死産、中絶、出産した子を手放さざるを得ない状況に追い込まれた損害
⑤ 背、大腿部の刀傷、難聴などの障害を受けた損害
⑥ 刺青をされた損害
⑦ 自国のことばの使用を禁じられ、人格権を侵害された損害
⑧ 戦後の不当な対応

震災のとき哀悼の意を表し一回休んだ以外は、今日まで毎週欠かさず行われてきた。17年

▲1992年１月８日に開始されたソウルの日本大使館前での「水曜デモ」は、阪神淡路大
ぶりに韓国に帰り、はじめて「水曜デモ」に参加した宋さん（左から２人目）。1998年

⑨ 日本政府の虚偽の発言（「従軍慰安婦は民間業者が連れ歩いた」など）による名誉毀損

これらの損害の総計額は七六七億五八九三万七五〇〇円に及びました。弁護団は、被害を過大に算定することのないよう少な目に見積もりましたが、それでも現実的な請求額ではありません。そのため、宋さんに被害を加えた軍の責任者の恩給や遺族年金額を算出し、それを下回らない額を被害総額の一部として請求することにしました。

責任者が生存していたら受け取ったであろう恩給の累計額、その遺族が生存中に実際に受け取ったとみなされる扶助料の総額を各自の経歴に照らして計算すると、次のようになりました。

関東軍参謀、陸軍大臣などを経て内閣総理大臣となり、侵略戦争を推進した東条英機は一億五〇〇万円、南京占領直後から慰安所の設置が拡大しましたが、当時、上海派遣軍司令官であり、後に中支那方面軍司令官を兼務した松井石根は一億二〇〇〇万円、宋さんが武昌の慰安所に連行された当時の中支那派遣軍司令官であり、後に陸軍大臣となった畑俊六も一億二〇〇〇万円です。

宋さんに、甚大な損害を与えた軍の責任者の遺族には多額な年金が支給されていたのです。多くの犠牲者を出した一五年にわたる日中戦争およびアジア太平洋戦争を少しも反省していない日本という国の姿勢が、この数字に顕著に示されています。

宋さんは一億二〇〇〇万円を請求の趣旨に加えました。但し、控訴審では一二〇〇万円に減額しました。

## ❇「慰安婦は公娼だった」の三つのウソ

被害者の提訴は、問題解決を求める運動を拡げる大きな原動力になりました。日本政府は急速に盛り上がった内外の世論に押され、「慰安婦」問題に関する調査を行い、九二年七月六日、一二七点の公的資料を公表しました。その第一次調査発表に際して、加藤紘一官房長官（当時）は政府の関与を認めたものの、強制連行を立証する資料はないとし、補償に代わる「措置」の検討を表明しました。

九三年八月四日には、第二次調査結果を公表するとともに、河野洋平官房長官（当時）が「慰安婦」の徴集と慰安所における強制を認める談話を発表、「お詫《わ》びと反省の気持」を表明して解決のための具体策の検討を約束しました。

日本政府は、第一次調査、第二次調査の結果を踏まえ、「慰安婦」の徴集と慰安所における強制を認めたものの、被害者が求める補償についてはサンフランシスコ条約及び各国との二国間条約で解決済みとの考えを示し、人道的な立場から償《つぐな》い事業を行うとして一九九五年八月一五日、「女性のためのアジア平和国民基金」（以下、「アジア女性基金」と略）を発足させました。基金の運用と医療福祉に関わる資金は国の予算で賄い、被害者への「償い金」は民間からの募金を当てようというものです。補償は絶対に行わないという政府の姿勢に被害者をはじめ、各国から強い批判の声があがりました。

一方、この問題が論議され始めた当初から、国の責任を否定する政治家や学者らの発言がメディアを通じて大きく報じられていました。

「強制連行はなかった」

「慰安婦は公娼」

「慰安婦の証言は曖昧」

といった発言です。これらの発言は、被害者の証言を封じるためにきわめて意図的に発せられました。日本政府の第一次、第二次調査では「強制連行」を示す公文書は発見されませんでした。しかし、多くの被害者が「強制連行」を証言していました。「強制連行」を認めれば国の責任が問われます。「慰安婦」は親などが前借金を業者から受け取った代償に性の売買に応じた公娼だった、従って「強制連行」などなかった、それを証言する「慰安婦の証言は曖昧」である、という文脈です。

敗戦時、日本政府及び日本軍は戦争犯罪の証拠隠滅のため可能な限り公文書の類を焼却しました。また、もともと、「慰安婦」の強制連行や、交戦地、占領地における少女・女性の拉致監禁、輪姦の事実を記録にとどめることは周到に避けたでしょう。「強制連行」を示す公文書は、普通に考えればなくて当然なのです。

「慰安婦＝公娼」論の典型は、南京虐殺、侵略戦争を否定して内外の批判をあび、就任早々辞任した永野茂門元法務大臣の発言です。

「慰安婦は当時の公娼であって、それを今の目から女性蔑視とか、韓国人差別とかはいえない」（一九九四年五月七日付『朝日新聞』）

この発言には三つの誤りがあります。

まず第一に、日本軍は、大規模な兵力を中国へ派遣するにあたって、性病対策、反日感情抑止のための強姦防止策を講じなければならなくなった時、長い公娼制度の伝統を背景にそれに似た性奴隷制を確立していきましたが、慰安所制度は公娼制度ではありません。公娼制度が私人を対象とした制度であるのに対し、慰安所制度は軍専用、つまり、公人を対象とした性奴隷制です。

第二は、公娼制度は女性の人権を侵害する女性差別そのものであり、当時から公娼制度を廃止しようという廃娼運動は国際的な大きな流れでした。

第三に、朝鮮を植民地支配する上で民族差別を意図的に形成しましたが、慰安所の設置拡大にあたって多数の「慰安婦」が必要になった時、その標的にしたのは植民地の少女たちでした。日本国内で多数の「慰安婦」を徴集することは不可能でした。それを強行すれば国民全体の戦意高揚に支障をきたし、兵士の「国を守る」気概をそぐことになるからです。日本の女性は兵士を「産む性」、植民地の女性は戦地の兵士を「慰安する性」と捉えられたのです。

「慰安婦＝公娼」論は、事実を隠蔽《いんぺい》し、被害者を戦後長い年月、「恥ずべき存在」と貶《おとし》めて、人権を侵害してきた元凶です。

## ❇「醜業婦」「賎業婦」という蔑視

日本は植民地として支配した台湾や朝鮮、委任統治した太平洋上の島々に公娼制度を持ち込みました。前借金で女性の人身を拘束し、性の売買の対象とする公娼制度は、それ自体、性奴隷制度でした。日本国内では、性の売買の対象とされた女性たちは、「醜業婦《しゅうぎょうふ》」「賎業婦《せんぎょうふ》」「売女《ばいた》」などと蔑称され、蔑視されました。女性の性を売るのは業者であり、買うのは客であり、「醜業」「賎業」の主体は女性ではなく業者や客です。にもかかわらず、女性たちにその汚名は着せられたのです。そうした「醜業婦」視、「賎業婦」視は植民地や委任統治領にも持ち込まれました。「慰安婦」にされた女性や日本軍の性暴力を受けた女性に対する視線にはこうした「醜業婦」視、「賎業婦」視と通じるものがあります。

このような「醜業婦」「賎業婦」視が、「朝鮮人なのに日本軍に協力した」、あるいは「自分たちの生活を破壊した日本軍に協力した」裏切り者という汚名に重なりました。

ところで、女性の性の売買を公認しながら、なぜ、当時の社会は、その対象にされた女性たちを「醜業婦」視、「賎業婦」視したのでしょう。それは、家父長制家族制度と公娼制度のもとで女性の性を「産む性」と「快楽の性」に分断して支配する社会だったからです。

家父長制家族に属する女性は家督《かとく》を継ぐ男子を産むことが大きな役割でした。家督を継ぐ男子を産む女性は、処女性や貞操が命より大事だとされ、不特定多数の男性の「快楽の性」の対象とされた女性が参入することは忌避《きひ》されました。「家」を継ぐ男子の血統を守るためです。そのために、「快楽の性」を担った女性たちは意図的に「醜業婦」視、「賎業婦」視されたのです。富国強兵策が推進された明治時代から「産めよ増やせよ」のスローガンが掲げられましたが、軍国化が進むとさらにその要請は強くなりました。兵士となる男子を数多く産み、その母親となる女子をも産むことが「産む性」を担う女性の役割でした。

戦後、韓国でもインドネシアでも結婚せずにひとりで生きてきた被害者が少なくありませんでした。結婚しても、子どもを産めない女性も少なくありませんでした。ある韓国の被害者は、「こんな身体で結婚したら、相手の男性に申し訳ない」と語っていました。インドネシアでは、「日本の女」「日本の売春婦」という烙印が被害者に未婚を強いました。今日の日本とは異なり、処女性や貞操が重んじられ、女性は結婚して子どもを産むのが当たり前とされた社会で、その当たり前の生活からはずされたのです。

「こんな身体」と被害者が自分の身体を卑下する時、必ずしも子どもを産めないことを意味するだけではありません。異常な頻度で多数の男性に「汚辱された身体」という意味合いがそこには込められています。出産機能の破壊という歴然とした事実もさることながら、日本軍の性暴力を受けた女性たちにまとわりついた「穢《けが》れた」、あるいは「穢された」という概念のために多くの被害者があらたなる被害を被《こうむ》ったのです。

宋さんは、「(性交を) あんまりやりすぎて、タコがよってるんだべ」「おめえのべべはバケツみたいにでかいんだってな」というような聞くに堪えない罵詈雑言《ばりぞうごん》をあびせられました。これは、「慰安婦」という経験を強いられた女性に対する単なる興味本位の悪罵ではありません。性の売買を強要された、あるいは性暴力を受けた女性に対する伝統的な悪意がそこには潜んでいます。つまり、「穢れた女性」とみて一般の生活からはずす差別です。

このような「穢れた女性」視が戦時の記憶に苦しむ被害者をなおいっそう追い詰めました。被害者が残り少ない人生を心安らかに暮らせるように、この問題の解決は、戦時、戦後を通じて侵害されてきた人権の回復が何よりも重要です。

## ❇「慰安所」は「レイプセンター」、「慰安婦」は「性奴隷」

ここで、日本軍性暴力被害者の呼称の変遷を辿ってみましょう。この問題の認識の深まりが呼称の変化に顕著に現れています。

戦時中、「慰安婦」は軍人から「ピー」と呼ばれました。朝鮮人慰安婦は「朝鮮ピー」、中国人慰安婦は「支那ピー」あるいは「満ピー」、日本人慰安婦は「日ピー」です。「ピー」はprostitute（売春婦）の頭文字という説があります。女性の性器を意味する中国語をそのまま使用したという説もあります。どちらにしても、そう呼ばれる人の人格を貶める呼称でした。

日本軍が作成した文書では「軍慰安婦」「業婦」「慰安土人」などが見られます。

一九九〇年五月、盧泰愚《ノテウ》大統領の訪日に際し、韓国の女性団体が真相究明と謝罪を要求する声明を発表した時には、「挺身隊」問題と捉えられ、同年一一月には梨花女子大学教授の尹貞玉《ユンジョンオク》さんを代表とする「韓国挺身隊問題対策協議会」が結成されました。韓国では、「慰安婦」の徴集が軍需工場などに動員された女子勤労挺身隊の募集と紛らわしい形で行われた例があり、「慰安婦」と「挺身隊」が同義語として使われていたからです。

一九九三年四月二日、フィリピンの被害者は、「『従軍慰安婦』国家補償請求事件」として東京地裁に提訴しました。しかし、四六人の原告は兵站《へいたん》基地などに設置され、それぞれの部隊が作成した利用規則に基づいて運営された慰安所の「慰安婦」ではなく、戦闘や住民虐殺などの混乱に乗じて拉致され、軍の接収家屋などに監禁され継続的に輪姦された被害者です。中国・山西省の被害者が九五年八月七日に四人、九六年二月二三日に二人が提訴した「中国人『慰安婦』損害賠償等請求訴訟」も、いわゆる慰安所の「慰安婦」ではありません。「慰安婦」ではないのに、「慰安婦」という用語が使用されたのは、日本軍の組織的な性暴力問題が、当初、まず「慰安婦」問題として論議され始めたからです。

中国の同じ地域の同様の被害者一〇人が九八年一〇月三〇日に提訴した「山西省性暴力被害者損害賠償等請求事件」ではじめて「性暴力被害者」という用語が使われました。抗日ゲリラ活動中に捕らえられ、その報復として拷問され、体型が変わるほどひどい暴行を受け、そして、性暴力を受けた原告の一人万愛花さんは、「私は『慰安婦』ではない」と、集会などでたびたび訴えました。万さんの「慰安婦」というくくり方をされることに対する違和感を反映し、また、原告らが受けた被害の実態に即した呼称になりました。

英語圏の新聞では、フィリピンの被害者が提訴した頃から「ｓｅｘｕａｌ　ｓｌａｖｅ」を使用していました。

日本軍の慰安所制度を性奴隷制度と明確に定義づけたのは、国連人権委員会の女性に対する特別報告官のラディカ・クマラスワミさんです。国連人権委員会で九六年四月に採択されたクマラスワミ報告書では、「慰安婦」問題は二国間条約では未解決であるとして、法的責任を負う日本政府に次のような六項目の勧告をしました。

①国際法違反の法的責任をはたすこと
②被害者に個人補償をすること
③政府が保管するすべての資料を公開すること

④　被害者に対して書面による公式謝罪をすること
⑤　歴史教育に反映すること
⑥　責任者を特定し、処罰すること

日本軍の性奴隷制度であるとの定義は、「慰安婦は公娼」論にみられるような国の責任を曖昧にする認識をきっぱりと否定するものでした。

国連人権小委員会で九八年八月に採択されたゲイ・マクドゥーガルさんの報告書では、慰安所をレイプ・センターと呼称しています。性奴隷制度が、「慰安婦」もフィリピンや中国・山西省の原告らが受けた被害の状態をも包括する定義であるのと同様、「レイプ・センター」は慰安所も、フィリピンや山西省の強姦所をも包括的に意味する実態に即した定義、呼称です。

### ❇日本政府に突きつけられた数多くの勧告

国際的には、クマラスワミ報告書やマクドゥーガル報告書だけではなく、日本政府に対して数多くの勧告がなされています。

九四年一一月の国際法律家委員会（ＩＣＪ）勧告を皮切りに、九五年九月に行われた北京女性会議では、政府や国際機関などは、戦争下の強姦、特に組織的強姦、強制売春や暴行、性的奴隷制を含む女性へのあらゆる暴力行為に対して充分に調査し、犯罪者を訴追し、被害者に対して完全な補償を行うこととする行動綱領を採択しました。

ＩＬＯ専門家委員会の年次報告でも、九六年、九七年三月に、「慰安婦はＩＬＯ条約が禁止する『強制労働』に当たる。日本政府は速やかに適切な配慮をすべき」と勧告しました。また、九九年三月には、「アジア女性基金は被害者の期待に応えていない。被害者が高齢であることを考慮し、早急に個人補償すべき」と勧告しました。さらに、〇一年三月にも二九号条約（強制労働条約）違反を指摘し、被害者や関係団体と協議し、補償のための他の方法を見出すよう求めました。

〇一年八月、国連社会権規約委員会勧告も、アジア女性基金では被害者の納得が得られていないと指摘し、改善を求めました。

また、被害当事国である台湾では、九七年一二月、名のり出ている被害者四二人に日本政府の補償が実現するまでの間、立て替えるとして政府が二〇〇万円を支給しました。

韓国でも九八年四月、アジア女性基金の受け取りを拒否する被害者に支援金約三〇〇〇万円の支給を決定、日本政府にアジア女性基金の事業中止と責任ある措置を要求しました。

このように、国際社会では被害者の尊厳は回復されてきました。

しかし、日本政府は法的にはサンフランシスコ条約、二国間条約で解決済みであり、補償に代わる措置としてアジア女性基金の償い事業を実施、問題は解決したという姿勢を一貫してとっています。

また、日本国内では、九七年四月から使用される文部省検定済みの全七社の中学歴史教科書に「慰安婦」について記述されていることが明らかになると、ネオ・ナショナリストともいうべき学者、文化人、政治家などから「慰安婦」記述を削除せよというキャンペーンが展開されました。「新しい歴史教科書をつくる会」（以下・つくる会）が組織され、日本の歴史が神話から始まる時代錯誤な教科書が編纂され、〇一年四月から東京都の養護学校などで使用され、さらに、〇五年度からスタートする都立中高一貫校で採用が決定しました。つくる会の動きや、また、自衛隊のアフガン戦争参戦、イラクへの派兵という憲法九条の平和理念を踏みにじるような時代の流れを反映して、二〇〇五年から使用される教科書では「慰安婦」は記述されなくなりました。

そして、日本の司法界では、「慰安婦」および「日本軍性暴力」訴訟に対して次々に敗訴判決がいい渡されています。唯一、国の責任を一部認め賠償命令を出したのが、九八年四月二八日の山口地裁下関支部による「釜山《プサン》従軍慰安婦・女子勤労挺身隊公式謝罪等請求訴訟」判決（以下・下関判決）です。

この下関判決では、「従軍慰安婦制度は、徹底した女性差別、民族差別であり、女性の人格の尊厳を根底から侵し、民族の誇りを踏みにじるものであって、日本国憲法一三条の認める根幹的価値に関わる基本的人権の侵害であった」ことを認めました。また、「帝国日本と同一性ある国家である被告国は、従軍慰安婦とされた女性に対し、より以上の被害の増大をもたらさないよう配慮、保証すべき法的作為義務があったのに、多年にわたって慰安婦らを放置し、その苦しみを倍化させて新たな侵害を行った」ことも認めました。

その上で、九三年八月、政府の第二次調査結果および河野官房長官の談話が発表されたことから、「これにより、作為義務は、憲法上の賠償立法義務として明確になったが、合理的立法期間として認められる三年を経過しても国会議員は立法をしなかったから、国は立法不作為による国家賠償として、慰安婦原告らに対し、各金三十万円の慰謝料支払い義務がある」としました。

ただし、「慰安婦」にされた戦時の被害については、「憲法制定前の出来事につき、直ちに憲法による現在の義務として賠償立法の義務を導き出すことはできない」としました。

次々に敗訴判決がいい渡された中で、立法不作為による国家賠償を認めた下関判決は画期的なものでした。しかし、判決直後、テレビ画面に映し出された原告の一人朴頭理《パクトゥリ》さんは、コンクリート上に腰をつけて足をバタバタさせ、地団太を踏んで泣き叫んでいました。おそらく、立っていられなかったのでしょう。なぜ、日本の司法は、自分たちが受けた凄まじい「慰安婦」被害、女性に対する重大な人権侵害を裁けないのか、そう、訴えているように私には感じられました。他の敗訴判決に比べれば、被害回復を図るための法律をつくるべきであったにもかかわらず、その法律をつくっていない国の責任を認めたことは高く評価するべき内容でした。しかし、被害者にとっては「金三十万円」という賠償金額もさることながら、自分たちが受けた被害そのものに対する賠償は命じられなかった、そのことに深く失望したに違いありません。
しかもなお、この下関判決は広島高裁判決で覆され、最高裁では上告が棄却されました。

## ✻一〇年間の裁判を闘った宋さん

宋さんの裁判は、地裁判決では戦時の被害事実を認定はしたものの、請求は棄却されました（注1）。高裁判決では戦後に続く被害と国際法違反を認めながら、やはり、請求は棄却されました（注2）。そして、〇三年三月二八日、最高裁は上告を棄却しました。

九三年四月五日に提訴してから、ちょうど一〇年間の裁判闘争となりました。地裁では二一回、高裁では四回の口頭弁論が行われましたが、宋さんは一回風邪で来られなかった以外はすべて参加しました。宮城県の宋さんの住む町から東京まで片道五時間近くかかります。東京に来ると、支援者たちに気を使い、元気いっぱい振舞い、報告集会では独特のジョークを飛ばし、喝采《かっさい》をあびていましたが、自分の家に帰ると疲れがどっと出て、次の日までずっと寝ていました。

判決の前は、「負けたら地元には帰れない」といっていましたが、地裁判決の時も、高裁判決の時も、その苦渋を呑んで帰るより他ありませんでした。そして、最高裁は、「決定」を知らせるたった一枚の紙切れが代理人のもとに届いただけでした。

「金がほしくて裁判するんだべ」

「俺らの税金で食ってるくせに、文句あるんなら韓国へ帰れ」

そんなことをいわれた提訴当初、宋さんはしばしば夜寝る時は枕元に「包丁をたがえて寝る」といっていました。高齢の宋さんが仮に襲われたとして、包丁など振り回したらかえって危険に違いありません。しかし、宋さんは、枕元に包丁を置いておかなければならないような、そんな緊張感を強いられて日々暮らしていたのです。

「一六の時から、気の荒い兵隊とばっかり付き合ってきたから、オレの気性もすっかり荒くなってしまった」

とも、いっていました。印象に深く残るのは、

「人の心は海より深い」

です。本当に、激動の人生を歩まざるを得なかった宋さんが、これまで生きた八二年の間にさまざまな人の心を見てきたことでしょう。特に、人生を自分の力で歩み始める思春期から二〇代前半という貴重な七年間、自分を性的対象としか扱わない日本兵以外に触れることはなかったのです。人を信じたくても信じられなかった、そのことは、戦後、在日韓国・朝鮮人が数少ない東北の町で暮らす宋さんの孤立感をより深めたことでしょう。

「オレは人にだまされやすいんだ。だまされてばかりきたから人を信用できねえんだ」

ともいいました。

▲17年ぶりに韓国に帰った折り、妹（向かって左）と。背後の山の麓が故郷の村。1998年

いま、ふと気づくと、宋さんからこうしたことばを聞かなくなりました。

宋さんはマスメディアの記者から何度も取材されました。その中にこんな切り口があったのかと感心させられた記事があります。地裁での結審を翌日に控えた九九年二月一八日、『朝日新聞』の夕刊に掲載された「闘い6年、語り部誕生」です。「顔を上げ1人立った。戦争を語った言葉は1万人を揺さぶった」の副題がついていました。

宋さんは、自らの戦時の体験を何度も何度も語ってきました。「こんなこと語って恥ずかしくないのかやあ」と自問自答しつつ、長い年月胸に秘めていたことがらを語りました。記事の副題にあるように、この時点で約一万人もの人が宋さんのことばに耳を傾けました。戦後補償裁判の原告として闘いぬく姿勢に畏敬の念を抱く人々に、繰り返し語っているうちに少しずつ心が晴れてきた、そんな印象を受けます。「枕元に包丁をたがえて寝る」ということをいわなくなったのは、宋さんの裁判を支援する多くの人々にじかに触れて、人を信用できない気持もいくぶん薄らいできたからだと私は感じています。

## ❇宋さんの中の〝失われた記憶〟

宋さんの家をはじめて訪ねた日から一三年の歳月が経過しました。宋さんの証言を中心にまとめた拙著『皇軍慰安所の女たち』（筑摩書房）は一九九三年八月一五日に上梓しました。その後も「在日の慰安婦裁判を支える会」の一員としてくりかえし宋さんの話を聞いてきました。なかでも東京地裁での五時間に及ぶ本人尋問は圧巻でした。その記録は支える会編纂の『宋さんといっしょに―よくわかる在日の元「慰安婦」裁判―PART1』に収められています。私も、本人では語りえない、「慰安婦」被害者としての宋さんが受けた傷について法廷で証言しました。その記録も『宋さんといっしょに　PART2』に歴史学者であり、中国戦線への従軍経験のある故藤原彰さんの証言とともに収められています。その時証言したことがらで、ひとつだけもっと明確にすればよかったと思うことがあります。

それは、宋さんが武昌の慰安所世界館ではじめて軍人に犯された時の記憶がないということです。代理人は明確にそのことを指摘しましたが、私自身は、何度尋ねても宋さんがその時のことを語らなかったという事実だけを証言しました。

宋さんは、世界館ではじめて軍人を相手にした時のことを聞くと、五五～五六ページに記したように、性病検査をした軍医が部屋に入ってきて、かわいそうに、というように髪を撫でて部屋を出て行ったこと、しかし、帳場に軍人の要求に従わないならいますぐ武昌に来るまでにかかった経費を払えといわれ、殴る蹴るの暴行を受けたことを繰り返し語りました。

弁護士と宋さんの家に泊まった翌朝早く目覚めて、前の晩の話の続きを問わず語りにはじめた時、私は、世界館に着いた場面から順をおって確認してゆきました。そして、それ以前にも何回か繰り返してきた質問、つまり、はじめて宋さんを犯した軍人のことを尋ねました。すると、宋さんは、一六歳のその時にもどってしまったかのように泣き出してしまいました。私は、その後の人生を変えることになったその時の痛みは、他者には決して触れられたくないのだろうと感じていました。

弁護団や「支える会」では、ＰＴＳＤに長い年月苦しんできた「慰安婦」被害者が少なくないことに着目していました。ＰＴＳＤはPost Traumatic Stress Disorderの略で、心的外傷後ストレス障害のことです。戦争、災害、交通事故、レイプ、虐待など、一般の生活とは異なる強い精神的負担になるような経験をすると、それらが心的外傷（トラウマ）となり、その後遺症が後々まで残ることがあります。戦地で日々レイプを繰り返された被害者がＰＴＳＤを発症する率が高くなるのは当然の結果といえるでしょう。

ＰＴＳＤの症状のひとつに外傷の重要な場面を思い出すことができないということがあります。弁護団と支える会では、宋さんがはじめての被害を思い出せないのはＰＴＳＤの症状と捉えたのですが、私は、その時点では思い出せないのか、触れられたくないのか、どちらか、判断がつかずにいたのです。

つい最近、父親に性虐待され、多重人格になったある女性のインタビューをする機会がありました。その由佳さんには二一人の人格が現れます。よく現れるのが五歳のユカちゃんと怒りで身体が爆発しそうな年齢も性別も不詳のナイフです。ユカちゃんは三歳だったのですが、病院で誕生日が来ると祝われて、五歳にまで成長しました。

「三歳の時から挿入もあった」と、由佳さんが語った時、「えっ、三歳から?」と、問い返すと、信じてもらえないのか、と必死に抗弁し、突然、五歳のユカちゃんに変わってしまいました。私は、その女性が突然、性虐待を受けていた頃の年齢にもどってしまう姿を目の当たりにして、性虐待の惨酷性を突きつけられた思いがしました。

肉親による性虐待と、日本軍の組織的な性暴力では被害の質は異なります。が、抵抗不能な状態での性行為の強制という点では共通しています。

インタビューを終えて帰りの列車の中で、私はこれまで証言を聞いてきた日本軍性暴力被害者に思いを巡らしました。日々繰り返される軍人によるレイプに耐えられず自ら命を絶ったり、精神病になった「慰安婦」も少なくありませんでした。あらためて私は、証言をしてくれた被害者の戦中、戦後を生き抜いてきた強靭な生命力と精神力に深く感服しました。そして、ふっと、宋さんは世界館ではじめて日本の軍人に犯された時のことに触れられたくなかったのではなく、その記憶を失ってしまったのだと確信しました。

一六歳の宋さんにとって、それは決して心身に受け入れられなかった経験であり、受け入れられない状態はいまも続いているのです。

## ❇国際社会から突きつけられている課題

「在日の慰安婦裁判を支える会」では二〇〇三年五月二日、最後の報告集会を行いました。宋さんは、

「裁判は負けてもオレの心は負けてねえから。これからもよろしく」

とあいさつしました。支援者を元気づけるためのいつもの強がり…一瞬そう思いましたが、そうではありませんでした。精一杯闘った、そんな宋さんの満足感を見た気がしたのです。

しかし、日本の司法は国際法違反を認めたにもかかわらず宋さんの請求を棄却したという現実

▲ナヌムの家で暮らしていた金順徳（キム・スンドク）さんのチマ・チョゴリを借りて。

▲ナヌムの家の庭ではしゃぐ宋さん。1998年

は厳然として残ります。

国際社会では、日本軍の慰安所制度および組織的な性暴力は戦争犯罪であることが明確にされました。台湾及び韓国では政府による被害者支援策が講じられ、尊厳回復が図られています。責任を負うべき最も肝心な日本政府は、未だアジア女性基金による民間からの償い金で問題は解決したとの姿勢を崩していません。こうしたなかで、国会で女性議員を中心に「戦時性的強制被害者問題解決促進法案」を立法する動きが展開されています。日本政府の法的責任を明確にした謝罪と補償を被害者はなによりも望んでいます。

今日なお、武力紛争あるいは戦争の行われている地域で少女や女性に対する性暴力が多発しています。被害者をはじめ、国際社会から求められている日本政府の誠意ある謝罪と補償の実現は、今日も繰り返されている軍による組織的な性暴力を食い止める象徴的な宣言になるでしょう。

注1. 宋さんの訴訟は、日本国が次にあげる国際法と国内法に違反したとして争った。国際法では、①奴隷制度並びに奴隷を禁止する国際慣習法　②強制労働に関する条約（ILO二九号条約）③人道に対する罪　④醜業を行わしむるための婦女売買取締りに関する一九〇四年協定、醜業を行わしむるための婦女売買禁止に関する一九一〇年条約、国内法では、①民法七〇九条（不法行為）②国家賠償法一条一項に基づく損害賠償　a名誉毀損　b責任者不処罰　c立法不作為
注2. 高裁判決では「控訴人ら従軍慰安婦の設置、運営については、当時の日本を拘束した強制労働

条約、醜業条約に対する違反行為がある場合もあったと認められ、それぞれ条約違反による国際法上の国家責任が発生していると認められる」としたにもかかわらず、「この国際法上の国家責任を解除するために、日本国は、国際的不法行為をした慰安所経営者、それに加担していたと見られる旧日本軍関係者に対する処罰や是正措置、被害者救済措置等を命ずる等の処分をする義務が生ずるが、日本国が右の国家責任を解除するための措置を実現させなかったとしても、そのことが重ねて国家自身の国際不法行為となるものではない」との判断をした。

この高裁判決の慰安所制度についての認識は誤っている。つまり、国際的不法行為を犯した慰安所経営者に旧日本軍が加担したのではなく、慰安所制度を確立させたのは日本軍であり、その維持運営にあたってもその責任は軍にあり、慰安所経営者は軍の下請けをしたに過ぎないという根本的な問題である。

## ［年表］「慰安婦」問題をめぐる動き

1975年

10・22　沖縄在住の「慰安婦」被害者ペ・ポンギさんに特別在留が許可されたことが共同通信発信で公表

1984年

8・25　韓国キリスト教会女性連合会は戦時中の女子挺身隊動員について日本に謝罪と補償を求めよと全斗換大統領に公開書簡

1987年

2・27　ペ・ポンギさんの半生を記録した『赤瓦の家―朝鮮から来た従軍慰安婦』（筑摩書房）出版

1988年

4・21　韓国教会女性連合会主催の「女性と観光文化」国際セミナーで尹貞玉梨花女子大学教授が「挺身隊現地調査」を報告

1990年

1・4〜24　韓国の『ハンギョレ新聞』に尹貞玉梨花女子大学教授の「挺身隊取材記」を四回連載

5・18　盧泰愚大統領の訪日に際し、韓国教会女性連合会など韓国の女性団体が日本政府に「挺身隊」問題の真相究明と謝罪を要求する声明書を発表

6・6　参院予算委員会で本岡昭次社会党議員の質問に対し、労働省職業安定局長が「慰安婦は民間業者が軍とともに連れ歩いた」として「実情の調査はできかねる」と答弁
7・10　韓国で「挺身隊研究会」（現韓国挺身隊研究所）発足
10・17　韓国の三七の女性団体が日韓両政府に公開書簡を送る。日本政府に公式謝罪、補償、歴史教育など六項目を要求
11・16　韓国の三七の女性団体と個人が「韓国挺身隊問題対策協議会」（以下、挺対協と略）を結成

1991年
8・14　韓国の「慰安婦」被害者金学順《キムハクスン》さん（当時六七歳）が挺対協に名のり出て記者会見
12・6　金学順さんら「慰安婦」被害者三人が三二人の軍人・軍属及びその遺族とともに日本政府に補償を求め東京地方裁判所に提訴（「アジア太平洋戦争韓国人犠牲者補償請求訴訟」〈遺族会裁判〉）

1992年
1・8　ソウルの日本大使館前で「挺身隊」問題の解決を求め毎週水曜日に行う「水曜デモ」開始
1・11　吉見義明中央大学教授が防衛庁防衛研究所の図書館で慰安所について日本軍の関与を示す公文書を発見していたとの記事を『朝日新聞』が掲載
1・13　加藤官房長官が日本軍の関与を認める談話を発表
一五日までの三日間、市民グループが東京で情報収集のための「慰安婦110番」を実施、宋神道さんと日本人「慰安婦」の情報が寄せられる

1・17 訪韓した宮沢喜一首相が盧泰愚大統領に「慰安婦」問題で「おわび」を表明

2・18 国連人権委員会に「慰安婦」問題が提起される

2・25 韓国政府が被害者センターを設置、申告と証言の受付を実施

7・6 日本政府が「慰安婦」問題に関する調査結果として一二七件の公文書を公表、加藤官房長官は強制連行を示す資料はないとしつつ、軍の関与を認め、補償に代わる「措置」を検討することを表明

9・18 フィリピンの被害者マリア・ロサ・ルナ・ヘンソンさん名のり出る

12・25 韓国の朴頭理《パクトゥリ》さんらが「釜山従軍慰安婦・女子勤労挺身隊公式謝罪等請求事件」〈関釜裁判〉を山口地方裁判所下関支部に提訴

## 1993年

4・2 マリア・ロサ・ルナ・ヘンソンさんらが「フィリピン『従軍慰安婦』国家補償請求事件」を東京地裁に提訴

4・5 宮城県在住の宋神道《ソンシンド》さんが「在日韓国人元従軍慰安婦謝罪・補償請求事件」〈宋神道裁判〉を東京地裁に提訴

6・5 台湾の台北市婦女救援社会福利事業基金会の調査で被害者四八名を確定

6・11 韓国で「日本統治下における日本軍慰安婦に対する生活安定支援法」が成立、韓国政府は被害者への支援を実施

6・25 一四日からウイーンで開催された国連世界人権会議ですべての武力紛争下での女性に対す

る性的奴隷制等の人権侵害に対する「実効的な対応」が宣言に入る

8・4　日本政府は第二次調査結果を発表、「慰安婦」の徴集及び慰安所における強制性を認め、河野洋平官房長官がお詫びと反省の気持を述べるとともに具体策の検討を表明

8・25　国連人権小委員会で「人権と基本的自由の重大な侵害を受けた被害者の原状回復、賠償、更生」についてのファン・ボーベン最終報告書を採択、「慰安婦」問題の特別報告者としてリンダ・チャベスさんを任命

1994年

1・25　オランダの「慰安婦」被害者は元捕虜とともに「オランダ人元捕虜・民間抑留者損害賠償請求事件」を東京地裁に提訴

5・7　永井茂門法相が「南京虐殺はでっちあげ」と発言し更迭されるが、「慰安婦」問題についても『慰安婦』は公娼であり、いまの目からみて女性差別とか韓国人差別とかはいえない」と発言

8・31　村山首相は「慰安婦」問題解決策として平和友好交流計画と民間基金案を骨子とする談話を発表

11・22　国際法律家委員会は日本政府に被害者の個人請求権を認め、行政機関を設置し、立法措置をとり、仲裁裁判所提訴に応じるよう勧告

12・7　自民、社民、さきがけ三党合意により、政府は村山談話の民間基金構想推進を決定

1995年

1・24 日本弁護士連合会が日本政府に対し立法措置や国際司法機関による仲裁などを通じて「慰安婦」被害者に個人補償するよう勧告

7・19 「女性のためのアジア平和国民基金」（アジア女性基金）発足

8・7 「中国人『慰安婦』損害賠償請求訴訟」が東京地裁に提訴される

8・15 韓国でソウル中央病院など九病院が「慰安婦」被害者に無料診療を開始

国庫から一億二〇〇〇万円を支出し、アジア女性基金は「慰安婦」被害者への募金を呼びかける広告を主要新聞に掲載

8〜 インドネシアの兵補協会が日本軍性暴力被害者の調査を開始、最終的には二万二二三四人の被害者が登録

9・15 北京で行われた第四回国連世界女性会議の行動綱領に、政府や国際機関は戦争下の強姦、強制売春、暴行、性奴隷制など女性に対する暴力行為に対して充分調査し、犯罪者を訴追し、被害者に対して補償を行うことを盛り込む

1996年

3・4 ＩＬＯ専門家委員会年次報告で「慰安婦はＩＬＯ条約が禁止する『強制労働』にあたる」として日本政府に適切な措置をとるよう勧告

3・20 ソウル、マニラ首都圏、台北の市長が日本政府へ被害者への賠償を促す書簡を送付

4・19 国連人権委員会は日本政府に補償、資料の開示、公的謝罪、歴史教育、責任者の処罰を勧

告する「女性に対する暴力」報告官ラディカ・クマラスワミ報告書を決議
5・28 板垣正参院議員が「未成年を強制的に『慰安婦』にしたのは歴史的事実ではない」と発言
6・4 来日中の金相喜さんが板垣正議員を訪問、「私が生き証人」と直接抗議
奥野誠亮元文相が「『慰安婦』は商行為に参加した人たちで強制はなかった」と発言
6・27 九七年度から使用の文部省検定済みの全七社の中学歴史教科書に「慰安婦」について記述
7・ インドネシアの日本軍性暴力被害者二五〇人が日弁連に人権侵害救済の申し立てを行う
8・14 アジア女性基金は償い金の支給を開始、フィリピンの被害者五人が受け取る
10・4 韓国の二九人の被害者が日本政府とアジア女性基金に対し、償い金ではなく個人補償を望むとの手紙を送付
10・18 韓国でアジア女性基金に反対する「強制連行された日本軍『慰安婦』問題解決のための市民連帯」発足、被害者への募金を開始
12・2 「新しい歴史教科書をつくる会」発足、中学校教科書から「慰安婦」問題の記述の削除を求める
12・3 米司法省が七三一部隊と「慰安婦」政策に関わった日本人戦犯一六人の入国を禁止する措置をとったことを公表
12・19 岡山県議会は中学校教科書から「慰安婦」「三光作戦」などの記述削除を求める陳述書を趣旨採択

1997年

1・11　アジア女性基金は韓国の被害者七人に償い金を支給

3・19　ＩＬＯ専門家委員会年次報告で日本政府に「慰安婦」について二九号条約違反を再度勧告

8・18　マリア・ロサ・ルナ・ヘンソンさん死去

12・5　台湾政府がアジア女性基金の償い金を拒否する「慰安婦」被害者四二人に二〇〇万円を立替支給する合意書に調印

12・13　在日の「慰安婦」裁判の原告宋神道さんが第九回多田謡子反権力人権賞受賞

12・16　金学順さん死去

12・29　「挺身隊ハルモニとともに歩む大邱《テグ》市民フォーラム」発足

1998年

3・6　日弁連が日本政府に謝罪と補償のための立法を再度勧告

4・21　韓国政府はアジア女性基金の受け取りを拒否する被害者へ三〇〇〇万円の支給を決定、日本政府に同基金の事業中止と責任ある措置を要求

4・27　関釜裁判は山口地裁下関支部で一部勝訴、立法不作為の損害賠償として朴頭理さんら「慰安婦」被害者に三〇万円の支払いを命じる判決

8・12　国連人権小委員会でゲイ・マクドゥーガル特別報告官の「『慰安所』についての日本政府の法的責任の分析」を採択

8・14　「ナヌムの家」に「日本軍『慰安婦』歴史館」開館

10・7 金大中《キムテジュン》大統領来日、日韓共同宣言を発表、知識人らとの懇談会で「『慰安婦』問題は世界が納得する形で解決されるべきだ」と発言
10・9 東京地裁はフィリピンの被害者の請求を棄却
11・30 東京地裁はオランダの元「慰安婦」、捕虜の請求を棄却

1999年

3・3 挺対協は教育館を開館
3・11 ILO専門家委員会は日本政府への三度目の勧告で被害者の高齢化を配慮し、早急な対応を促す
7・14 黄阿桃さんら九人が「台湾の元『慰安婦』謝罪請求・損害賠償訴訟」を東京地裁に提訴
8・26 国連人権小委員会で武力紛争下の性暴力について、被害者の個人請求権と国家の責任は平和条約や二国間協定で消滅しないと決議

2000年

1・12 香港の立法会（議会）が日本軍の戦争被害者への謝罪と補償を求める決議を採択
4・10 参院に民主党が「戦時性的強制被害者問題の解決の促進に関する法律案」を提出
国連人権委員会でNGOから法案の提出を歓迎する発言
7・10 参院に共産党が「戦時における性的強制に係わる問題の解決に関する法律案」を提出
8・17 国連人権小委員会でマクドゥーガル特別報告官の「慰安婦」問題の早期解決を日本に再度勧告する最新報告を採択

9・18　米ワシントンDCコロンビア地区連邦地裁に韓国、中国、台湾、フィリピンの「慰安婦」被害者一五人が日本政府を相手取り提訴

10・30　参院に民主は「戦時性的強制被害者問題の解決の促進に関する法律案」を、共産は「戦時における性的強制に係わる問題の解決に関する法律案」を提出

11・30　東京高裁は在日の元「慰安婦」宋神道さんの請求を棄却

12・6　東京高裁はフィリピン人被害者の請求を棄却

12・8　一二日までの五日間、「日本軍性奴隷制を裁く女性国際戦犯法廷」開催、昭和天皇および軍事指導者の責任が問われた

2001年

3・21　民主、共産、社民の三党は法案を一本化し「戦時性的強制被害者問題の解決の促進に関する法律案」（以下、促進法案）を参院に提出

3・26　東京地裁はアジア太平洋戦争韓国人犠牲者補償請求訴訟〈遺族会裁判〉の国家賠償請求を棄却

5・30　東京地裁は中国人「慰安婦」損害賠償請求訴訟一次訴訟の請求を棄却

12・　女性国際戦犯オランダ・ハーグ法廷で天皇及び軍事指導者一〇人に有罪判決

2002年

2・　野党の「促進法案」提案議員らインドネシアを訪問

3・29　東京地裁は中国人「慰安婦」損害賠償請求訴訟二次訴訟の請求を棄却

4・　日本の植民地統治、侵略戦争を正当化する「新しい歴史教科書をつくる会」編纂の中学社会科歴史・公民教科書（扶桑社刊行）が文部科学省の検定を通過

7・18　参院内閣委員会で岡崎トミ子議員が促進法案の趣旨説明

7・23　参院内閣委員会で促進法案を審議、国会で「慰安婦」問題が審議されたのははじめて。宋神道さんも韓国挺身隊問題対策協議会の金允玉常任代表らとともに傍聴

8・　一〇月にかけて促進法案の提案議員らはフィリピン、オランダ、韓国、台湾を訪問、調査を行うとともに法案を説明

10・　台湾の立法院は促進法案を支持、早期制定要請決議を全会一致で採択

10・15　東京地裁は台湾の元「慰安婦」謝罪請求・損害賠償訴訟の請求を棄却

12・12　参院内閣委員会で促進法案を審議、アジア女性基金の運営審議委員長である横田洋三中央大学教授を与党側推薦で、戸塚悦朗神戸大大学院助教授を野党側推薦で招致、両参考人とも「慰安婦」は国際法、国際慣習法、条約に違反したと認定したが、横田参考人は法案を批判、アジア女性基金を踏襲すべきとし、戸塚参考人は被害者との和解のために信頼を得るプロセスがたいせつであるとし立法の重要性を強調した

## 2003年

2・　促進法案提案議員らは韓国を訪問、法案説明と意見交換を行う

2・26　韓国の国会本会議で『戦時性的強制被害者問題の解決の促進に関する法律案』の速やかな制定を促す決議」を全会一致で採択

3・25 最高裁は「釜山従軍慰安婦・女子勤労挺身隊公式謝罪等請求事件」〈関釜裁判〉を上告受理棄却

3・28 最高裁は「在日韓国人元従軍慰安婦謝罪・補償請求事件」〈宋神道裁判〉を上告受理棄却

4・24 東京地裁は「山西省性暴力被害者損害賠償等請求事件」の判決で請求は棄却したが、「立法的・行政的な解決を図ることは充分に可能」「被害者らに何らかの慰藉をもたらす方向で解決されることが望まれる」と付言

7・22 東京高裁は「アジア太平洋戦争韓国人犠牲者補償請求訴訟」〈遺族会裁判〉で請求は棄却したが、強制労働条約違反、婦女禁売条約違反を指摘し、国の安全配慮義務違反を認定、「国家無答責」の法理については「現行憲法下では正当性、合理性は見出しがたい」とした

12・25 最高裁は「フィリピン『従軍慰安婦』国家補償請求事件」の上告受理棄却

2004年

2・9 東京高裁は「台湾の元『慰安婦』謝罪請求・損害賠償訴訟」の請求を棄却

2・13 韓国で「日帝強制占領下強制動員被害真相究明法」が成立、首相直属の真相究明委員会を設置、被害者補償を前提に調査

3・2 韓国で「親日反民族行為真相究明法」が成立、内鮮融和または皇民化運動を主導した行為、学徒・志願兵、徴兵または徴用を全国的・主導的に宣伝または扇動した行為などを親日反民族行為と規定し、資料収集、調査報告書の作成、史料編纂を行う委員会を設置

3・17 ソウルの日本大使館前の「水曜デモ」が六〇〇回を記録、はじめて日本大使館の政治部書

記官が抗議文を直接受け取る

3・30 最高裁は「オランダ人元捕虜・民間抑留者損害賠償請求事件」の上告受理棄却

8・12 国連人権小委員会は「戦時組織的強姦・性奴隷制に関する決議22」を全会一致で決議

8・26 東京都教育委員会は台東区に二〇〇五年に開設する中高一貫校の一年生用一六〇人の教科書として「つくる会」歴史教科書を採択

10・22 韓国の統一外交通商委員会で「慰安婦」問題について集中審議され、「慰安婦」被害者が証言、外相は「国際法違反の重大な不法行為で、日本政府に責任があると考える」と言明。同委員会で「『慰安婦』被害者の名誉と人権回復のための歴史館建立決議」が採択される。

11・12 韓国の国会で「『慰安婦』被害者の名誉と人権回復のための歴史館建立決議」が採択される。

11・29 最高裁は、故金学順さんら旧日本軍の「慰安婦」と軍人・軍属だった韓国人と遺族が日本政府に謝罪と補償を求めたアジア太平洋戦争韓国人犠牲者遺族会訴訟の上告を棄却

12・3 細田官房長官が韓国の李容洙《イヨンス》さん、フィリピンのベアトリス・トゥアソンさんら「慰安婦」被害者と面談、直接「おわびと反省」を表明

12・4 学生を中心に新潟・東京・静岡・京都・大阪・広島・高知・福岡・沖縄の一〇カ所で「消せない記憶　全国同時証言集会」が開催され、韓国・台湾・フィリピンの計八名の「慰安婦」被害者が証言

12・15 東京高裁は中国人「慰安婦」損害賠償請求訴訟第一次訴訟の控訴審判決で戦後のＰＴＳＤを含む被害事実は認定したものの「国家無答責」「除斥期間（二〇年）」などを適用し、控

訴を棄却

2005年

1・24 「女性のためのアジア平和国民基金」は村山富市理事長(元首相)がインドネシアでの高齢者施設建設事業が終る〇七年三月末をもって同基金を解散することを正式に発表

2・12〜15 東京で第七回日本軍「慰安婦」問題アジア連帯会議

2・16〜22 韓国政府の日帝強制占領下強制動員被害真相究明委員会の委員長ら六人が初来日。細田官房長官、梶谷日弁連会長、戦後補償を考える弁護士連絡会などの関係者らと会談。市民団体や研究者らとの説明懇談会に出席し、協力を訴えた。北海道では遺骨の調査を実施。韓日合同の遺骨調査に関しては日本政府も前向きの姿勢を示したという

2・25 最高裁は台湾の「慰安婦」被害者七人が日本国に謝罪と補償を求めた訴訟の上告棄却

2・28 参議院に岡崎トミ子議員ら九人の発議者が「戦時性的強制被害者問題解決促進法案」を六度目の提出。賛成者は六八人

3・1 韓国の盧武鉉《ノムヒョン》大統領は、「3・1運動86周年記念式典」で演説。韓国側からは歴史問題は提起しないとのこれまでの姿勢を転換、「日本の政府と国民の真摯な努力が必要」と強調、「過去を真相究明して謝罪、反省し、賠償するべきことは賠償し、和解すべき」と述べた

3・18 東京高裁は中国人「慰安婦」損害賠償請求訴訟第2次訴訟の控訴を棄却

4・5 文部科学省検定済みの中学歴史教科書から「慰安婦」の記述が削除、強制連行の記述は二社のみ

## ◆日本で行われている日本軍性暴力被害者裁判一覧

| | 訴訟名 | 提訴年月日 | 提訴人数〔注〕 | 最初の被害時期 | 裁判の進捗状況 |
|---|---|---|---|---|---|
| 1 | アジア太平洋戦争韓国人犠牲者補償請求訴訟〈遺族会裁判〉（確定） | 1991・12・6（一次）<br>1992・4・13（二次） | 3〔32〕<br>6 提訴後2名他界 | 11～18歳（1938～44年） | 2001／3・26 東京地裁で棄却され、同年4・6 東京高裁に控訴。03／7・22 控訴審棄却。04／11・29 最高裁棄却<br>地裁判決は事実認定を行ったものの、法的主張を認めず請求を棄却。<br>2002／3・5 控訴審開始。6回の弁論の末、7・22に判決。強制労働条約違反、醜業条約違反を指摘し、国の安全配慮義務違反を認定。「国家無答責」の法理についても「現行憲法下では正当性、合理性は見出しがたい」と述べ、高裁では初めて国家無答責を否定したものの、請求は棄却。最高裁も04／11・29に棄却して確定。敗訴確定 |
| 2 | 釜山従軍慰安婦・女子勤労挺身隊公式謝罪等請求事件〈関釜裁判〉（確定） | 1992・12・25（一次）<br>1993・12・13（二次）<br>1994・3・14（三次） | 2〔2〕提訴後1名他界<br>1〔4〕<br>〔1〕 | 14～19歳（1937～44年） | 1998／4・27 山口地裁下関支部で一部勝訴判決（下関判決）<br>2001／3・29 広島高裁判決　地裁での勝訴判決を破棄<br>2003／3・25 最高裁で上告棄却・上告受理棄却、敗訴確定<br>一審では20回の口頭弁論が開かれた。本人尋問は、体調が悪く来日できなかった2人を除く8人全員に対して、5回に分けて行われた。意見陳述を含めて口頭弁論の半数で原告が発言。<br>地裁で「慰安婦」被害者に対する戦後の立法不作為を認める画期的な下関判決を勝ち取るが、広島高裁で破棄。最高裁では門前払いとなった。敗訴確定 |

| 3 | 4 | 5 |
|---|---|---|
| フィリピン<br>「従軍慰安婦」<br>国家補償請求事件<br>（確定） | 在日韓国人<br>元従軍慰安婦謝罪・<br>補償請求事件<br>〈宋神道裁判〉<br>（確定） | オランダ人元捕虜・<br>民間抑留者損害賠償<br>請求事件<br>（確定） |
| 1993・4・2（一次）<br>1993・9・20（二次） | 1993・4・5 | 1994・1・25 |
| 18（一次）<br>28 提訴後15名他界（二次） | 1 | 1［7］ |
| 10～30歳<br>（1942～44年） | 16歳<br>（1938年） | 高校を卒業したばかり<br>（19――年） |
| 1998／10・9 東京地裁で棄却判決 2000／12・6 東京高裁で棄却判決<br>2003／12・25 最高裁で上告棄却・上告受理棄却、敗訴確定<br>地裁では97年12月の結審までに21回の口頭弁論が開かれた。4回に分けて9名の本人尋問が行われ、1907年ハーグ条約第3条「個人の請求権」の解釈について、国際人道法学者のカルスホーベン氏の証人尋問が開かれた。地裁判決では事実認定も行われず棄却され、高裁でも棄却され上告したが、最高裁で門前払いとなった。敗訴確定 | 1999／10・1 東京地裁で棄却判決 2000／11・30 東京高裁で棄却判決<br>2003／3・28 最高裁で上告棄却・上告受理棄却、敗訴確定。<br>地裁は2回に分けて本人尋問を行ったほか、藤原彰氏と川田文子氏の証人尋問を1回行った。地裁判決は戦時中の被害事実を認定したが請求を棄却。高裁判決は、戦後に続く被害と国の国際法違反を認めながら、やはり請求は棄却した。最高裁では門前払い。敗訴確定 | 1998／11・30 東京地裁で棄却判決 2001／10・11 東京高裁で棄却判決<br>2004／3・30 最高裁で上告棄却・上告受理棄却、敗訴確定<br>国際法における個人請求権の有無が争われたが、地裁判決に続き高裁でも棄却。2004年3月、敗訴が確定した。 |

| | | | | | |
|---|---|---|---|---|---|
| 6 | 中国人「慰安婦」損害賠償請求訴訟<br>（一次・最高裁）<br>（二次・東京高裁） | 1995・8・7（一次）<br>1996・2・23（二次） | 4<br>2 提訴後1名他界 | 13〜20歳（1942〜43年頃） | **2001／5・30 東京地裁で棄却判決（一次訴訟）。2004／12・15 東京高裁で棄却（事実認定と個人請求権追加）**<br>2003／11・17には、劉面換（控訴人本人）、近藤一（元兵士）、石田米子（学者）の証人尋問が行われた。第10回弁論で李秀梅さんが意見陳述。04／7・28（第11回）で結審。2004／12・15に高裁で棄却判決。12・27に最高裁へ上告。**最高裁係属中**<br>**2002／3・29 東京地裁で棄却判決（二次訴訟）**<br>一次訴訟地裁判決では事実認定もされなかったが、二次訴訟判決は事実を認定、とりわけ原告らにPTSDの症状が認められると認定したところが注目される。2004／6・2は張粉香さん、張双兵さんの証人尋問が行われた。2005／3・18の控訴審判決では、日華平和条約などを理由に請求棄却。**最高裁係属中** |
| 7 | 山西省性暴力被害者損害賠償等請求事件<br>（東京高裁） | 1998・10・30 | 10<br>提訴時点1名遺族<br>提訴後3名他界 | 12〜24歳（1941〜43年頃） | **2003／4・24 東京地裁で棄却判決。2005／3・31 東京高裁で棄却判決**<br>地裁で16回の弁論が開かれ、原告本人尋問の他、河東砲台で原告らの被害を目の当たりにした楊宝貴さんら男性2人の証人尋問もおこなわれた。地裁判決では、請求は棄却されたものの、被害事実と旧日本軍による不法行為である点が認定され、立法的・行政的な解決が望まれる旨が付言された。2003／10・2 控訴審開始。2004／11・2の弁論で川口和子弁護士の証人尋問。2005／3・31に国家無答責などを根拠に棄却したが、地裁の付言はそのまま引用された。**最高裁係属中** |

| | | | | | |
|---|---|---|---|---|---|
| 8 | 台湾の元「慰安婦」謝罪請求・損害賠償訴訟（最高裁） | 1999・7・14 | 9 提訴後3名他界 | 13〜21歳（1938〜44年頃） | 2002／10・15 東京地裁で棄却判決。2004／2・9 東京高裁で棄却判決。2005／2・25 最高裁でも門前払い<br>地裁では国際法による個人の請求権を認めず、国家無答責で切るという不当判決。被害事実の認定すら行わなかった。控訴審は4回のみで弁論で実質的な審理がないまま一方的に結審・棄却判決。最高裁も門前払い。**敗訴確定** |
| 9 | 海南島戦時性暴力被害事件訴訟（東京地裁） | 2001・7・16 | 8 | 14〜18歳（1941〜43年頃） | 東京地裁で4回の口頭弁論が開かれたが、SARSの影響で現地調査ができず、裁判が中断した状態に。2003年10月に現地調査実施。2004年9月15日から弁論再開。 |

■〔注〕＝提訴人数の中の［ ］内は一緒に提訴している元軍人、軍属、女子挺身隊

■表は下関判決を生かす会作成（2005年3月31日現在）。誌面の都合で「請求の趣旨」「請求の主な法的根拠」「きっかけ」の項目は省略。

# ◆――あとがき

「あなたは慰安婦を知っていますか？」

一九九〇年頃、あるテレビ番組で、インタビュアーが、道行く若い人にこんな問いを投げかけていました。画面で見る限り例外なく「知らない」という反応でした。

その後、公的資料の数多くの発見、多くの被害者の証言、旧軍人や関係者の証言などによって日本軍の慰安所制度の究明は急速に深まりました。歴史、女性学、法律、教育、心理学、さまざまな分野でこの問題が照射されました。私が沖縄に残された「慰安婦」被害の最初の証言者、ペ・ポンギさんの証言を聞いていた頃に比べると、隔世の感があります。

この間、私は、取材活動を続ける一方、宋神道《ソンシンド》さんの裁判を支援する「在日の慰安婦裁判を支える会」や研究成果を『季刊戦争責任研究』に発表する「日本の戦争責任資料センター」をはじめ、いくつかの市民グループに参加し、多くの市民や研究者とともにこの問題を見つめてきました。市民グループや法律家、歴史学者らとの交流の中で、ひとりで取材するのでは決して知りえない数多くのことを学びました。

そして、韓国の女性団体が日本政府に「挺身隊」問題の真相究明と謝罪を求めた九〇年以降、本当に多くの人びとの膨大なエネルギーが、問題解決のために注がれてきたことを目の当たりにしてきました。しかし、戦後六〇年の年月を経てなお、未解決のままです。

現在、国際社会では、日本軍がアジアの少女や女性を「慰安婦」にし、組織的に犯した性暴力は性奴隷制であり、戦争犯罪であるとの認識が確立しています。

国連人権委員会、同小委員会、同社会権規約委員会、ＩＬＯなどの国際機関は、日本軍の組織的な性暴力は国際法違反であるとして、日本政府に法的責任をはたすよう繰り返し勧告してきました。しかし、日本政府はこれらの勧告をまったく無視し、賠償問題はサンフランシスコ条約及び各国との二国間条約で解決済みとの姿勢を崩していません。補償にかわる「償《つぐな》い事業」として運営費を国庫から出資して設立した「女性のためのアジア平和国民基金」は民間から集めた「償い金」に首相の「おわびの手紙」を添えて、韓国、台湾、フィリピンの何人かの被害者に手渡しました。政府の責任を曖昧《あいまい》にしたこの「償い事業」は、被害を償うどころか、当事者の間に大きな混乱を巻き起こしました。受け取った被害者も、晴れ晴れと受け取ったわけではなく、高齢な上、貧しい環境の中で苦しみながら受け取った、そんな悲しい報告を聞きます。

現在、さらに深刻な事態が起こっています。先の戦争の戦後補償問題が未解決のままなのに、「イラクの復興支援」という美名のもと自衛隊派遣の実績が積み重ねられ、戦争のできる国づくりが着々と進められています。自衛隊を戦争のできる軍隊にしようとしています。アジアの犠牲者二〇〇〇万人、日本の犠牲者三一〇万人、アジア各地にも日本国内にも甚大《じんだい》な損害をもたらした不毛な戦争の教訓を忘れたか、故意に気づかない振りをしているかのようです。

中国で七年間、慰安所生活を強いられた宋神道《ソンシンド》さんの、「戦争はしてはなんねぇ」という痛恨の想いは、日本政府には届かないのでしょうか。

イラクのアブグレイブ刑務所で米軍の女性兵士が裸にされたイラク人捕虜を指差し笑っている写真や、英軍駐屯地に拘束されていたイラク女性を裸にし、血の流れた地面で英兵が踏みつけたり、イラク人男性をフォークリフトに縛り付けた衝撃的な写真が報道されました。六〇年以上前に日本軍が犯した残虐行為と同じような行為を米軍の女性兵士や英軍兵士が犯しているのです。

「慰安婦」についての教科書の記述を削除しようと奔走した人びとの「戦争に強姦はつきもの」「外国の軍隊にも日本軍の慰安所と同じようなところはあった」などの発言が思い起こされます。なるほど侵略地の人びとに対する性的虐待行為はしばしば起こる普遍的な現象です。だから、戦地での強姦は大目に見、慰安所があってもよいと考えるのか、侵略戦争はしない、絶対に加担しないという立脚点に立つのか、決して誤ってはならない選択です。

「日本政府は私たちが死ぬのを待っているのか」

九〇年代初め、ある被害者が発したことばが胸に刺さりました。この間、多くの被害者の訃報を聞いてきました。最近、訃報が届く間隔が短くなっています。被害者が生きているうちに日本政府がまっとうな解決を図れる時間は残り少なくなりました。

過酷な記憶をたぐりよせ証言をしてくださった方々、慣れない土地での取材に便宜を図ってくださった沖縄、韓国、中国、フィリピン、インドネシア、台湾の方々、専門分野から貴重な教示をしてくださった方々、数え切れない方々の協力を得ました。深くお礼を申し上げます。また、この本をまとめるにあたり、高文研の梅田正己さんと金子さとみさんに適切なアドバイスをいただきました。ありがとうございました。

なお、「慰安婦」は日本軍側から見た呼称です。実態に即していえば「日本軍性暴力被害者」「日本軍性奴隷」です。その行為を強要された女性たちが日本軍将兵を「慰安」するはずはありません。しかし、ここでは性奴隷状態においた少女や女性たちを日本軍は「慰安婦」と呼んだ、その事実を消さないためにカッコ付きで使用しました。また、慰安所以外のさまざまな日本軍性暴力被害者の証言も記録しました。

二〇〇五年五月

川田　文子

# ✤参考文献

石川逸子著『「従軍慰安婦」にされた少女たち』（岩波ジュニア新書／一九九三年）
石田米子・内田知行編『黄土の村の性暴力——大娘たちの戦争は終わらない』（創土社／二〇〇四年）
インドネシア国立文書館編著　倉沢愛子・北野正徳訳『ふたつの紅白旗——インドネシア人が語る日本占領時代』（木犀社／一九九六年）
岡田良之助・伊原陽子訳　笠原十九司解説『南京事件の日々——ミニー・ヴォートリンの日記』（大月書店／一九九九年）
沖縄県教育委員会編『沖縄県史7　移民』（沖縄県教育委員会／一九七四年）
小田部雄次・林博史・山田朗著『キーワード　日本の戦争犯罪』（雄山閣／一九九三年）
笠原十九司著『南京事件』（岩波新書／一九九七年）
笠原十九司著『南京難民区の百日——虐殺を見た外国人』（岩波書店／一九九五年）
梶村秀樹著『朝鮮史——その発展』（講談社現代新書／一九九三年）
川田文子著『赤瓦の家——朝鮮から来た従軍慰安婦』（筑摩書房／一九八七年、ちくま文庫／一九九四年）
川田文子著『皇軍慰安所の女たち』（筑摩書房／一九九三年）
川田文子著『戦争と性　近代公娼制度・慰安所制度をめぐって』（明石書店／一九九五年）
川田文子著『インドネシアの慰安婦』（明石書店／一九九七年）
川田文子編著『授業「従軍慰安婦」——歴史教育と性教育からのアプローチ』（教育史料出版会／一九九八年）
川田文子・吉見義明編著『「従軍慰安婦」をめぐる30のウソと真実』（大月書店／一九九七年）

川田文子著『女という文字　おんなということば』（明石書店／二〇〇一年）
韓国挺身隊研究所著　金英姫・許善子編訳『よくわかる韓国の「慰安婦」問題』（アドバンテージサーバー／二〇〇二年）
キム・ユンシム著　根本理恵訳『海南《ヘナム》の空へ――戦場からソウル、そして未来への日記』（パンドラ発行・現代書館発売／二〇〇〇年）
金富子・宋連玉責任編集『「慰安婦」戦時性暴力の実態［Ⅰ］日本・台湾・朝鮮編』（緑風出版／二〇〇〇年）
国際公聴会実行委員会編『世界に問われる日本の戦後処理①「従軍慰安婦」等国際公聴会の記録　アジアの声　第7集』（東方出版／一九九三年）
在日の慰安婦裁判を支える会編『「在日元従軍慰安婦」謝罪・補償請求事件　訴状』（一九九三年）
在日の慰安婦裁判を支える会編『宋さんといっしょに　ＰＡＲＴ１　よくわかる在日の元「慰安婦」裁判』（在日の慰安婦裁判を支える会／一九九七年）
在日の慰安婦裁判を支える会編『宋さんといっしょに　ＰＡＲＴ２　歴史的事実と現在《いま》に続く被害』（在日の慰安婦裁判を支える会／一九九九年）
在日の慰安婦裁判を支える会編『宋さんといっしょに　ＰＡＲＴ３　法的主張編』（在日の慰安婦裁判を支える会／一九九九年）
従軍慰安婦１１０番編集委員会編『従軍慰安婦１１０番――電話の向こうから歴史の声が』（明石書店／一九九二年）
従軍慰安婦問題ウリヨソンネットワーク企画　金富子・梁澄子ほか著『もっと知りたい「慰安婦」問題――性と民族の視点から』（明石書店／一九九五年）

❧参考文献


鈴木裕子著『従軍慰安婦・内鮮結婚』(未来社/一九九二年)
鈴木裕子著『「従軍慰安婦」問題と性暴力』(未来社/一九九三年)
鈴木裕子著『戦争責任とジェンダー』(未来社/一九九七年)
1992京都「おしえてください!『慰安婦』情報電話」報告集編集委員会編『性と侵略――「軍隊慰安所」84か所　元日本兵らの証言』(社会評論社/一九九三年)
戦争犠牲者を心に刻む会編『インドネシア侵略と独立　アジアの声　第13集』(東方出版/二〇〇〇年)
戦争犠牲者を心に刻む会編『私は「慰安婦」ではない』(東方出版/一九九七年)
高崎隆治編・解説『軍医官の戦場報告意見集』(不二出版/一九九〇年)
中国帰還者連絡会編『私たちは中国でなにをしたか――元日本人戦犯の記録』(新風書房/一九九五年)
中国における日本軍の性暴力の実態を明らかにし賠償請求裁判を支援する会『訴状　中国・山西省性暴力被害者損害賠償等請求事件』(一九九八年)
元漢口兵站司令部・軍医大尉長沢健一著『漢口慰安所』(図書出版社/一九八三年)
西野瑠美子・林博史責任編集『「慰安婦」戦時性暴力の実態[Ⅱ]中国・東南アジア・太平洋編』(緑風出版/二〇〇〇年)
西野瑠美子著『従軍慰安婦のはなし　十代のあなたへのメッセージ』(明石書店/一九九三年)
日本の戦争責任資料センター編『シンポジウム　ナショナリズムと「慰安婦」問題』(青木書店/一九九八年)
フィリピン「従軍慰安婦」補償請求裁判弁護団編『フィリピンの日本軍「慰安婦」――性的暴力の被害者たち』(明石書店/一九九五年)
藤原彰著『昭和の歴史5　日中全面戦争』(小学館/一九九四年)

ブディ・ハルトノ／ダダン・ジュリアンタラ著　宮本謙介訳『インドネシア従軍慰安婦の記録』（かもがわ出版／二〇〇一年）
古谷哲夫著『日中戦争』（岩波新書／一九九三年）
マリア・ロサ・L・ヘンソン著　藤目ゆき訳『ある日本軍「慰安婦」の回想　フィリピンの現代史を生きて』（岩波書店／一九九五年）
元兵站副官山田清吉著『武漢兵站――支那派遣軍慰安係長の日記』（図書出版社／一九八二年）
山辺健太郎著『日本統治下の朝鮮』（岩波新書／一九七九年）
尹貞玉著　鈴木裕子編・解説『平和を希求して――「慰安婦」被害者の尊厳回復へのあゆみ』（白澤社発行、現代書館発売／二〇〇三年）
尹貞玉他著『朝鮮人女性がみた「慰安婦問題」　明日をともに創るために』（三一新書／一九九二年）
尹明淑著『日本の軍隊慰安所制度と朝鮮人軍隊慰安婦』（明石書店／二〇〇三年）
吉田裕著『日本の軍隊―兵士たちの近代史―』（岩波新書／二〇〇二年）
吉見義明・林博史編著『共同研究　日本軍慰安婦』（大月書店／一九九五年）
吉見義明著『従軍慰安婦』（岩波新書／一九九五年）
吉見義明編集・解説『従軍慰安婦資料集』（大月書店／一九九二年）
ラディカ・クマラスワミ著　クマラスワミ研究会訳『女性に対する暴力』（明石書店／二〇〇〇年）
ラディカ・クマラスワミ著　ＶＡＷＷ－ＮＥＴジャパン翻訳チーム訳『女性に対する暴力をめぐる10年――国連人権委員会特別報告者クマラスワミ最終報告書』（明石書店／二〇〇三年）

川田文子（かわた・ふみこ）

出版社勤務を経て文筆活動に入る。農山漁村の女性や日本軍性暴力被害者の人生を記録する一方、保育問題や住宅問題、最近は若者の心の病、特に摂食障害について取材している。著書に『赤瓦の家——朝鮮から来た従軍慰安婦』（筑摩書房）『皇軍慰安所の女たち』（同）『「従軍慰安婦」をめぐる30のウソと真実』（大月書店、吉見義明氏らと共著）『女という文字、おんなということば』（明石書店）『自傷——葛藤を〈生きる力〉へ』（筑摩書房）などがある。


イアンフとよばれた
戦場の少女

●二〇〇五年 六 月一〇日——第一刷発行
●二〇〇七年 六 月二〇日——第二刷発行

著 者／川田文子

発行所／株式会社 高文研
東京都千代田区猿楽町二―一―八
三恵ビル（〒一〇一＝〇〇六四）
電話 03＝3295＝3415
振替 00160＝6＝18956
http://www.koubunken.co.jp

組版／Web D（ウェブ・ディー）

印刷・製本／株式会社シナノ

★万一、乱丁・落丁があったときは、送料当方負担でお取りかえいたします。

ISBN4-87498-342-1 C0021

●価格はすべて本体価格です（このほかに別途、消費税が加算されます）

## 甦える魂
性暴力の後遺症を生きぬいて

穂積　純　著　●四六・上製・３７４頁　本体２８００円

家庭内で虐待を受けた少女がたどった半生の魂の記録。子供時代の体験は、いかに人を支配しつづけるのか。被害者自身のえぐるような自己省察を通して、傷ついた子供時代をもつ人に「回復」への勇気を問いかける！

## 解き放たれる魂
性虐待の後遺症を生きぬいて

穂積　純　著　●四六・上製・４０８頁　本体３０００円

性虐待による後遺症を理由に、この国で初めて勝ち取った「改氏名」。阪神大震災や、同じ痛みをもつ人たちとの出会いの中で、自己の尊厳を取り戻していった回復へのプロセスを鮮烈な色彩で描いた魂のドラマ！

## 女の眼でみる民俗学

中村ひろ子・倉石あつ子・浅野久枝　他著

●四六・２２６頁　本体１５００円

成女儀礼をへて子供から「女」となり、婚礼により「嫁」となり、出産・子育てをして「主婦」となり、老いて死を迎えるまで、日本の民俗にみる〝女の一生〟を描き出す。

## 若い人のための精神医学
✺よりよく生きるための人生論

吉田脩二著　●四六・２１３頁　本体１４００円

思春期の精神科医として30年。若者たちに接してきた著者が、人の心のカラクリを解き明かしつつ、「自立」をめざす若い人たちに贈る新しい人生論。

## あかね色の空を見たよ
✺５年間の不登校から立ち上がって

堂野博之　著　●Ｂ６変型・７６頁　本体１３００円

不登校の苦しみ・不安・絶望……を独特の詩と絵で表現した詩画集！

## さらば、哀しみのドラッグ

水谷　修　著　●Ｂ６・１６５頁　本体１１００円

ドラッグを心の底から憎み、依存症に陥った若者たちを救おうと苦闘し続ける高校教師が、若者たちの事例をもとに全力で発するドラッグ汚染警告！